노천명 소설집

우장 雨葬

노천명 소설집

우장 雨葬

노천명
전집
종결판

III

노천명 지음

민윤기 엮음·해설

스타북스

만년에는 시보다 소설을 쓰고 싶어했다
-시인 노천명이 남긴 여덟 편의 소설

민윤기(시인, 문화비평가)

노천명(1911~1957)은 시인이다. "모가지가 길어서 슬픈 짐승이여"하는 시 구절로 국민적 애송시가 된 「사슴」과 "어느 조그만 산골로 들어가 이름 없는 여인이 되고 싶소"라는 구절로 널리 애송되고 있는 「이름 없는 여인이 되어」를 쓴 시인이다. 그런데, 노천명 시인이 만년에는 시보다 더 소설을 쓰고 싶어했으며 이화여전에 재학 중일 때부터도 시보다 먼저 소설을 썼다는 사실은 잘 알려지지 않았다.

올해 소설을 하나 써보려고 했던 것이 은근히 내가 벼르고 있던 계획이었다. 그런데도 불구하고 내 이 하고 싶은 일은 날마다 쫓기는 일에 무참히도 고개조차 들어보지 못한 채 이 해를 보내게 되었다. 소설을 쓰려는 의도는 내가 시를 쓰는 일에 하등 지장을 가져오지는 않을 것이다. 아직 손도 대지 못한 광우리 속의 숱한 일감 중에서 일감을 잡

을 여유가 생긴다면 제일 먼저 집어 들고 싶은 일거리가 소설을 쓰는
일이다.

이 글은 노천명 시인이 죽기 한 해 전인 1956년 12월 31일자 조선일
보에 「올해 못한 일」이라는 제목으로 발표한 수필의 일부이다. 그만큼
노천명 시인은 평생 소설을 쓰고 싶어했던 것이다.

노천명이 발표한 소설은 여덟 편이다. 이미 나와 있는 노천명 전집
등에 수록이 되어 있었던 소설은 여섯 편인데 이번 『노천명 전집 종결
판』3권에는 새로 찾아낸 두 편을 추가해 수록했다.

「일편단심」은 이화여전 시절에 발표한 작품이다. 그 후 문단 데뷔해
일제 강점기 기간에 쓴 「결혼 전후」「하숙」「닭 쫓던 개」「외로운 사람
들」 등이 있다. 그리고 「오산誤算이었다」는 6.25 한국전쟁 기간 중 피
난 가지 못하고 서울에 남았다가 공산당에 부역할 수밖에 없었던 개
인적 사정을 변호하는 신상 발언 같은 소설이다.

이 작품들 중에서 「결혼 전후」는 노천명이 1934년 11월 6일 탈고했
다가 '중앙' 1935년 2월호에 발표한 작품으로, 그동안 노천명의 작품
연보에도 빠져 있었던 소설이다. 이 소설은 여고를 졸업한 주인공 원
희가 부모의 체면 때문에 부잣집 아들과 마음에 없는 결혼을 했다가 1
년만에 시집을 뛰쳐나와 시골마을에서 교사생활을 하며 겪는 일들을
그리고 있다. 노천명의 분신이랄 수 있는 작품 속의 원희는 사회현실

에 대한 저항의식이 강한 여성으로 묘사되었다. 이런 점으로 미루어 보면 '고독의 시인'으로 알려진 노천명이 실제로는 비인간적이고 몰염치한 사회에 상당한 거부감을 가졌던 적극적 지식인 여성이었다는 사실을 보여준다.

이 여섯 편 외에 『노천명 전집 종결판』 발간 작업을 하는 도중 서지학자 김종욱 선생이 제목만 알려졌던 「사월이」 상·하편을 발굴해 월간 '시'에 공개했고, 또 한국 현대문학을 대표하는 명작으로 손꼽히는 이효석의 「메밀꽃 필 무렵」에 필적하는 향토성 짙은 뛰어난 소설 「우장雨葬」을 뒤따라 발굴해 공개했다.

특히 「우장雨葬」은, 전문全文을 정리하여 문학평론가 몇 분에게 이메일로 알려드렸더니, 문학성이나 완성도 면에서 단순히 묻혀져 있던 소설 한 편을 찾아낸 정도가 아니라 한국문학사에 향토성 짙은 대표적 단편을 한 편 추가해야 할 만큼 대단히 중요한 문학적 사건이라는 의견들을 보내왔다. 그분들의 평가에 따르면, 향토성 짙은 대표 단편으로 정평이 난 이효석의 「메밀꽃 필 무렵」이 강원도 토착 방언을 능숙하게 구사함으로써, 당시 강원도에 살던 민중의 삶을 생생하게 보여준 수작이었다면, 노천명의 「우장」 역시 우리가 거의 알지 못하는 황해도 지방의 방언을 생생하게 구사하여 이를 훌륭하게 살려낸 명작이라는 것이었다.

이 「우장」에 대해서는, 1976년 7월 1일자 동아일보가 '햇빛 보는 명작 단편'이라는 기사에서 '여성' 1940년 4월호에 노천명 시인이 발표한 작품이라고 제목을 보도한 적은 있지만 소설 전문을 공개하는 것은 이것이 처음이다.

또한 「사월이」는 '상편'만으로도, 당시의 사회 풍속은 물론 인심의 흐름을 예리하게 소설화한 작품이라는 평가를 받은 작품이어서 많은 전문가들이 '하편'의 존재를 찾고 있었지만 찾지 못하던 작품이었다. 따라서 '하편'을 찾음으로써 「사월이」의 문학적 재평가가 가능하게 되었다. 「사월이」 상·하편을 통독하면서 나는, 작가 박완서가 평생 추구해온 '여자의 사적 삶을 소설화'한 문학적 성과와 비견할 만하다는 평가를 하고 싶다.

이 두 편을 발굴해 수록함으로써 노천명 시인이 생전에 발표한 총 8편의 소설을 모두 『노천명 전집 종결판』 제3권에 수록할 수 있게 되었다.

여덟 편의 소설 외에 이 책에는 잘 알려지지 않았던 두 편의 노천명 일기를 수록했다.

이 두 편의 '일기' 중에서 '병상일기'는 노천명 시인이 백혈병 증세가 치료 불가능할 정도로 깊어져 삶과 죽음을 오갈 때 쓴 글이다. 마지막 일기를 쓰고 3개월 뒤인 1957년 6월 16일 세상을 떠났다.

짧은 기간에 쓴 사적인 일기인데도, 문학에 대한 식지 않은 열정, 곤궁한 경제 사정 때문에 고통을 겪는 일 등 노천명 문학을 이해하고 규명하는 데 필요한 내용을 담고 있는, 자료적 가치가 높은 '소중한 일기'라고 할 수 있다.

> 하오 세 시에 입원(위생병원에), 다섯 시쯤 500g 수혈, 두드러기가 돋아 괴로웠음.(중략)

> 잠 잘 자다. 아침에 혀에 피가 묻다. 또 조금씩 이에서 피가 나다. 내 피가 처음엔 100만이던 것이 이젠 341만이 되었다고 한다.(황 간호원)

> 어젯밤 꿈이 좋더니 기쁜 소식 듣다. 모든 것은 천주님의 은총임을 같이 깨닫다. 꿈에 조경희趙敬姬를 보고 통곡을 해봤더니 어쩌면 오전에 언니랑 반갑게 석영과 함께 달려드는 것일까.

> 이틀 동안은 내게서도 피가 생기나보다고 안 넣다. 처음으로 서무과에 나가 전화를 걸다.

노천명의 '병상일기'는 여기서 끝이 난다. 병세 악화로 더는 일기를 쓰지 못한 것으로 추정된다. 시인은 3개월 뒤인 1957년 6월 16일 세상을 떠났다.

일러두기

1 제1부는 단편소설 8편, 제2부는 인물평전, 제3부는 노천명이 신문 등에 발표한 문학론, 제4부는 병상 일기를 포함한 일기로 구성하고 편집하였다.

2 이 책에 수록한 단편소설 8편은 최초 발표 지면에서 찾아낸 작품들이다. 수록 순서는 『사월이』를 맨 앞에 두고, 대표작 성격의 『우장雨葬』은 두 번째로 편집하였고, 나머지 작품들은 발표 시기와 관계없이 편집상의 편의대로 실었다.

3 노천명 소설의 집필 시기는 1931년 20세부터 1952년 42세 사이에 집필한 작품이기 때문에 현재의 맞춤법과 다른 표현이 적지 않다. 그러나 현행 맞춤법으로 이를 모두 바로잡으면 자칫 원작의 내용을 훼손할 수도 있어 작가만의 표현과 단어들은 그대로 두었다.

4 소설 『우장雨葬』에는 작가의 고향인 황해도 사투리가 아주 많이 나온다. 특히 등장인물들이 사용하는 황해도 사투리는 국어사전에도 나와 있지 않을 정도다. 황해도 지방의 토속적인 장점을 살리기 위해 대화를 포함해 거의 모두를 작가의 표현 그대로 실었다. 다만 일부 지문地文의 표현은 맞춤법을 따랐다.

5 이 책 노천명 소설집은 총 4부와 함께 부록으로 노천명의 생애 일대기와 생애 현장 취재기를 실었다.

차례

1

단편소설

사월이

상

공일이라고 마음을 놓고 잤더니 아침 아홉 시까지 정신없이 늦잠을
자 버렸다.

"오늘은 네 시부터 일어나 꼭 글을 좀 쓰자고 했더니……."

혼자 중얼대며 얼른 세수를 하고 책상을 마주앉았다. 원고지를 내
놓자 나는 요전에 적어둔 쪽지를 찾기 시작했다. 분명히 자전字典 밑
에다 끼워뒀었는데 자전을 털고 다른 책들을 다 뒤엎고 찾아도 없다.

"사월이년이 또 이거 없앴군."

그릇 씻는 소리가 들려오는 부엌 쪽을 향해 나는 여지없이 히스테
리를 발했다.

"사월아!"

"네……."

"이리 두루와!"

옥양목 찢는 소리로 미어다 부딪는 것처럼 내 말소리가 떨어지자 사월이년의 조그만 몸이 앞치마에다 손을 닦으며 숨소리를 죽이고 내 앞에 와 선다.

"너 또 이거 어쨌구나."

사월이는 언제나 하는 버릇으로 고 갑갑해 보이는 가는 눈을 가지고 성난 내 얼굴을 빤히 마주 쳐다보고 서 있다.

"그리 글 쓴 종이는 막 버리지 말래두. 왜 그렇게 행맹이가 없이구니. 응, 어쩔라구 그러는지 난 정 저 애 때문에 정말 속상해 죽겠어……."

사월이는 새까만 눈을 반짝 하고 시선을 내 얼굴에서 떼더니 장판 위로 차게 떨어뜨린다.

"너 이 큰 책 밑에 끼워놓은 종잇조각 못 봤어? 물어 보면 뭘 해. 갖다 버리구두 밤낮 모른다는 걸. 또 갖다 쓰레기랑 태워 버렸지 뭐."

사월이의 이 종이를 없애는 잘못에 들어서는 난 도저히 관대하지 못하다. 확실히 신경질적인 편인 나는 사월이가 꽃 접시나 공기를 하나쯤 깨버렸다든지, 참기름을 헤프게 썼다는 데는 도무지 여편네 같은 잔소리를 하지 않지만 내가 가끔 인스피레이션을 받은 것처럼 묘한 글귀가 떠오를 때면 밥을 먹다가도 중지하고 얼른 무슨 종잇조각에다 적어놓는 버릇이 있는데 이것을 없애는 데 한해서는 사월이 이마에서 진땀이 부쩍 나게 나는 야단을 쳐 준다.

그런데 이런 때 흔히 씌어지는 종이는 카드 쪽지도 될 수 있고, 또는 신문지 여백 남은 곳을 찢어서 씌어지는 수가 많다. 그래서 사월이에게 주의하라고 일러 준 네모 반듯 하고 바둑판처럼 줄이 쳐진 원고지가 아닌 경우가 많기 쉽다.

그런 때문에 사월이가 원체 방을 치울 때마다 조심을 안 하는 것이 아니라 저도 이것을 명심해서 늘 주의는 하건만 일자 무식쟁이이고 보니 책상을 치운다고 치운 것이 내가 위하는 이 글 쓴 종이 나부랭이를 쓰레기와 함께 아궁이에 갖다 넣고 흘흘 불살라버리기가 자칫 쉬운 노릇이매 사월이는 이것을 여러 번 범하게 되었다.

"너 또 이거 어쨌구나."

이 말머리만 나오고 보면 사월이는 딱 질색이다.

처음에 몇 번까지는

"아이 전 못 봤어요. 정말 안 쓸어 버렸는데요."

요렇게 앙탈을 해 보았으나 그것으로 통과되지 못한다는 것을 여러 차례 경험하더니 이 약아빠진 사월이는 현명하게 일체 변명을 피한다. 내 야단은 몸서리치게 퍼부어진다.

물론 다른 때는 비교적 야단을 잘 안 치는 편이 사월이는 원체 우리 적은 살림이나마 얌전히, 열세 살로는 참 놀랍게 잘 하니까 사실 하고 말도 없지만 이런 때 외에는 절대 나무라지를 않는다.

이따금이나마 이렇게 야단을 쳐 놓고서도 부엌에서 쌀 씻는 소리를 들으며 나는 방안에서 혼자 가끔 후회를 한다. 사실 나는 아무리 분이 나는 때라도 대가리 한 번을 쥐어박아 보지는 못한다. 아닌 게 아니라

우리 사월이는 물을 길러 수도에 가서 동네집 계집애들과 얘기를 하다 한다는 수작이

"너 우리 집 아씨는 때릴 줄을 모른다. 그리고 학교만 다니느라고 욕두 못 배워서 욕할 줄도 몰라. 그릇을 암만 깨뜨려두 얻어맞지 않어 애."

이렇게 자랑한다는 소리를 들었다.

허나 사월이가 가끔 얘기하는 소리를 듣고 언제나 한 번은 당할 것 같은 서운한 예감을 느끼는 적이 있었다.

"사월이 너 그전에 살던 집의 일들 생각나지 않니?"

하고 내가 한 번은 물어 보았더니

"뭐가 생각나요. 난 이 댁에서 지금 젤 오래 붙어 있는 셈이지. 그전엔 조금 있다간 밤낮 나와서 내 맘대루 자꾸 옮겨 다녔어요. 그랬더니 별나게 생각나는 데가 없어요. 남의 집이 다 같지요 뭐. 글쎄 이거 보세요. 인제 어떤 집에 오래 좀 있지 않아요. 그래서 그 집 장걸레 같은 것도 자꾸 쳐서 방 세간이나 마루 세간을 윤이 나게 길을 들여놓지요. 그러면 장걸레를 치면서 곰곰이 이런 생각이 들어요."

"무슨 생각이?"

"이렇게 길을 들이고 집안을 얌전히 거두면 뭐 이게 우리 집인가. 아무 때라두 나를 내쫓으면 다른 집으로 가게 될걸…… 이런 생각이 들어요. 그래서 이 맘만 들기 시작하면 장걸레를 정성들여 잘 치다가 두 재미가 없어져요. 그리곤 그 집이 갑자기 나가고 싶은 생각이 들어

선 미친 것처럼 달아나 다른 집에 가 살곤 했어요. 호호호호 우습죠."

나는 우습지 않았다. 실로 몹시 서글펐다.

사월이와 그래도 이만큼 친하기까지는 얼마나 힘이 들었는지 모른다. 처음에 와서 힘든 것은 한 방에서 그 애와 함께 밥을 먹게 하기까지의 일이었다. 우리 밥만 차려다 놓고는 으레 저는 부엌에서 먹으려든다.

"네 밥두 가지구 들어오려마. 같이 먹게."

"네."

우리는 사월이가 들어올 줄 알고 밥상을 앞에 놓고 기다린다.

삼 분, 오 분 들어오지 않는다.

"사월아! 날래 들어오라우. 응."

"전 여기서 먹을 테예요."

"거기서 무슨 맛에 혼자 먹겠다니. 어서 들어와 함께 먹자."

그래도 듣지 않고 밥그릇이랑 반찬을 부뚜막 위에 놓고 아궁이 앞에가 앉아선 안방에서 들려오는 말소리를 들으며 주항벽을 바라보고 한눈을 팔면서 밥을 먹고 앉았다. 아마 내가 어려워서 같이 먹기 싫어하는 것도 같다. 또 제 식성을 따라 기름이라도 좀 더 쳐서 먹고 깨소금 같은 것을 더 넣어 먹기가 편해서 그러는가 해서 내버려두었으나 안 들어오는 이유가 거기 있는 것 같지 않았다. 오히려 우리와 먹으면 좀 얻어먹을 것도 제 손으로 떠놓는 게고 보니 찌개 국물 같은 게나 할짝거리다가는 가만둔다. 그래서 나는 야단을 쳐 가면서 방으로 끌어

들였다. 이 버릇이 겨우 두 달 만에야 우리 집에 와서 떨어졌다. 힘을 들여 그렇게 계집애를 얻으려고 애를 써도 못 구하던 것이 사월이가 우리 집에 들어오게 된 것은 참 의외로 쉽게 된 일이다.

심부름꾼 계집애를 하나 얻기란 시골에 있어서도 요즈음에 제법 쉽지 않은 일이 돼서 고향 어머니에게 정지 계집애를 하나 구해 보내달라고 지난 가을부터 부탁을 해 내려 왔건만 한 달포를 두고 도무지 마땅한 걸 얻을 수 없다는, 번번이 빈 소식뿐이다.

그도 그럴 것이 아주 산골이면 또 모르지만 도회지가 가깝고 보니 어쩌다 읍에 와서 본다는 것은 거리에서 사는 도회 부녀들의 그 사치하는 것이다. 몸에 차악 감긴 비단옷이며 빤짝거리는 가죽 핸드백이라든지 곱슬거리게 머리를 군 모양이 도무지 시골 계집아이들이 보리 방아를 찧고 하는 그런 억센 일과는 너무나 떨어진 생활이매 그들은 이런 호사스러운 일을 그들의 꿈인 시집가는 데서도 설계해 볼 수 없다. 오직 해 볼 수 있다면 기생엘 들어갈 수 있도록 팔려가는 방법밖에는 없다고 생각한다.

그래서 머리라도 좀 반지르하게 빗고 싶어 할 비누 없는 세수나마 저녁때면 한 번씩 더하고 자는 얼굴이나 좀 뻔뻔한 맹랑한 계집애는 으레 기생으로 팔려가고 그 나머지 큰애기들은 공장이 여기저기 생기면서부터 이 공장으로들만 몰려 들어갔다. 기껏 낮일에다 밤일까지 가끔 대서 한대야 한껏 많이 받아서 십오 원 벌이다.

게다가 공장 기숙사의 밥값을 제하고 약간 매점에 가서 동무들 바람에 약간 군것질을 하거나 전에 없던 분값 양말값, 이런 외상을 갚고 또 혹시나 좀 앓아서 공장 부속 병원의 약값을 제하려면 공장에서 경영하던 매점이요 병원이고 보니 결국은 받았던 돈을 주인에게 도로 다 뺏기는 것에 진정 틀림없는 셈이건만, 십 원짜리 퍼런 지폐를 내 손 안에 쥐었다가 척척 풀어쓸 수 있다는 돈 쓰는 이 재미가 그래도 보리 방아를 찧으며 구리돈 한 푼 못 만져 보던 생활에 비하면, 끓는 물에서 누에고치를 다루며 열 손가락이 모두 허옇게 되어 바스러지는 한은 있더라도 돈을 만져 본다는 이 유쾌한 맛이 넉넉히 누를 수 있다. 된새벽부터 밤늦게까지 부려 먹히고도 여름에는 굵다란 삼베 옷 한 벌에다 삼동에는 검정으로 한 가죽 입혀놓고 먹는 것이란 또 보리밥 깡다리인 – 월급도 없는 시골 남의집살이엔 도저히 비길 바가 못 된다.

그런 이치에서 차차로 시골 계집애들도 인심이 남의 집을 살지 않고 그저 공장으로들만 달아나서 계집애라고는 얻어 보기 어렵게 하는 것도 세상에 맞는 약은 현상이 아닐 수 없다.

서울에 있는 우리 집안 식구라야 고보에 다니는 당질 애 형제에다 주인이라는 내가 있을 뿐이다. 집은 어차피 온챗집으로 차지하고 남의 집에서 빌려다 쓰지 않을 정도의 살림살이도 이럭저럭 갖추어지고 보니 이제는 하숙 생활을 하려도 못할 형편이요 또 그렇다 해서 살림살이라고 한다는 것보다는 본격적 자취생활이라는 것이 우리 경우에는 알맞는 말일 게다.

내가 엔간만 하면 손수 해먹는 것이 다시없이 사실상은 편한 노릇이지만 아침에 과히 일찍이라고는 할 수 없으나 정해진 출근 시간이 있어놓으니 끼 때에 얽매여 아침엔 찬을 무얼 할까? 또 저녁때가 닥쳐 오면 회사에서부터 저녁 반찬을 걱정해야 되며 게다가 또 내가 어른 이요 주인이니 소 갈 데 말 갈 데를 혼자 뛰어다니며 지붕의 기와를 고 치게 한다, 하수도를 고치게 한다, 마당에다 백토를 깔아서 돋군다 — 이렇게 마음을 다 써야 하니 남의 식구 하나 더 거느리는 게 결국은 말 많고 어려운 상전이지만 사세부득 사람을 하나 두어야지 나 혼자는 배겨낼 도리가 없다.

그런데 식모를 두자니 집안에 어른들이 없고 주인이란 나조차 학교 기숙사를 삼 년 전에 나온 여학생급이고 보니 식모를 둔댔자 부리기 어색하다. 안 할 말로 행랑이 몸채가 되는 날엔 주인을 눈 아래로 보는 꼴이란 눈에 실 게고 자칫하다가는 상전을 하나 모시게 될 것 같아서 될 수 있으면 부리기 만만한 계집아이가 하나 있어지기를 바랐다. 봄 이 되면 어디서 하나 생기겠지 하고 은근히 믿어오던 차에 어느 일요 일 날 내가 도서관으로부터 저녁을 지으려고 바쁘게 돌아오려니까 수 도에서 물을 받는 동네 언년 어멈이 다른 날 없이 유난히 반색을 하며 물을 받다가 달려오더니

"아이, 아씨 어디 갔다 옵시요. 오늘 세 번이나 댁엘 갔었어두 안 계 시드만요. 그런데 저 — 아씨 계집애 아직 안 두셨습죠?"

"그럼, 어디 있어야지 글쎄."

"저기 하나 있는뎁쇼. 아이즉슨 아주 바지런스럽구 부모두 다 없어

서 아주 두시기 십상이시겠던뎁쇼."

"그래, 몇 살이나 먹은 겐구."

"열세 살이라는뎁쇼. 뭐 키는 크지 않구 저의 언년이만밖에 안 하여
두 아주 정갈스럽구 똑똑하던 걸입쇼."

"좋구먼. 그럼 어디 지금 좀 데려와 보겠수."

"아니, 이따 저녁에 그 애 고모 되는 사람이 데리구 온댔으니까 저
녁에 지가 아씨 댁으로 데리구 갑죠. 그 고모 된다는 사람이 바루 파주
저희와 한 고향 사람이에요. 그이네들은 여기 와 사는 지가 벌써 십 년
이 넘었는뎁쇼. 그래 여기 물정이 빠합죠. 아무튼 이따가 올 테니 자세
한 건 물어 보시면 압죠."

저녁에 언년 어멈은 그 고모 된다는 사람과 계집애를 데리고 들어
섰다. 나는 계집애를 찬찬히 눈여겨보며,

"어두운 데 오느라구 욕들 봤수, 어서들 앉으시유."

하니 언년 어멈은 앉자마자 손님 여자를 보고

"이 어른이 주인아씨세유. 뭐 참 제가 여기 있게만 된다면 복덕방
만났지. 일이 센사 또 게다 주인아씨 마음씨는 잠 다시 없죠. 얌전하시
구."

그러니까 고모 된다는 여인네는 장판을 손끝으로 버릇처럼 문대며

"참 이렇게도 신세를 끼치나 봅니다."

하더니 고개를 수그리고 앉아 이따금 남의 눈을 피해서 방안을 둘
러보곤 다시 고개를 수그리고 들지 않는 계집아이를 보며

"이게 바루 제 오라범의 딸입죠. 애비는 저거 세 살 적에 죽었어요. 그리구 제 에민 바루 딴 서방을 해갔는데 만난다고 만난 그 의붓애비라는 게 또 천하에 없는 독종이 돼서 저게 에미하구 같이 있을 수가 없이 됐죠. 그래 이게 다섯 살 적부터 남의 집으로 돌아다녔습죠. 일두 몸에 배구 곧잘 있게 되니까 열 살이 겨우 넘어서자 제 애비라는 게 찾아다간 기생에다 팔아먹는다구 발광을 하는 걸 제 에미가 칼을 맞아가며 말려서 데리구 있고 보니 구박이 오죽해야죠. 참 불쌍한 겝죠. 저 두 많지 않은 형제의 다만 남매 있다가 그게 서울까지 벌어먹고 살려고 왔다가 그 모양이 되니 내 친정 혈육이라곤 참 저거 하납죠. 그렇을 게 이리저리 굴리는 걸 생각하면 참 어떤 때는 뼈가 저리워요. 참 쥔아씨가 봐 하니 인정스러우실 것 같으니 그저 부모처럼 데리구 계시다가 치워까지 주세유."

하고는 행주치마 꼬리로 눈물을 씻는다.

"너 나 하구 같이 있으련?"

하고 내가 물어보니까 고개를 여전히 숙인 채

"네."

한다.

"사월인 참 좋겠다. 이런 댁에 있게 됐으니."

하고 언년 어멈이 수다를 떤다.

이리하여 나는 애를 데리고 있게 되었다. 아이니까 물론 월급은 없고 그저 입히고 먹여만 달라는 것이 이 애 고모와의 계약이다.

열세 살 먹은 축으론 숙성한 편은 못 되나 역시 다부진 데가 있어
보인다. 첫날 제 고모가 데려다두고 갈 때만 해도 툇마루를 내려와서
대문간까지 나가는데 저는 마루 분합까지만 나와 가지곤
"사월이 너 이 댁 아씨 말 잘 듣고 잘 있거라, 난 간다."
하는데도,
"네!"
하는 대답 소리가 영악스럽게 맑을 뿐인데 나는 놀랐다. 사월이를
내가 데리고 있으며 차차로 절실히 느낀 것은 차다는 것이다.
밥을 먹다가 나는 가끔 찌개 그릇이나 국 대접에서 고기를 건져 사
월이 국사발에다 넣어도 주고 이따금 가다가 고기를 구워 먹을 때면
집어먹으래도 그 애가 안 집어먹는 때문에 군 고깃점을 내가 집어서
제 밥 위에다가 몇 조각씩 집어 얹어주며
"식기 전에 어서 먹어라, 그리고 또 먹어라."
"아이 싫어요. 먹겠어요."
이 말하는 품이 도무지 무슨 어려워서 안 먹겠다고 사양하는 고운
짓이 아니다. 어딘지 모르게 사월이가 "싫어요" 내쏘는 데는 의심하
는 마음과 비웃는 ― 꼬부라진 감정이 섞여 있다. 애가 이렇게 쌀쌀하
게 내부딪칠 때면 나는 허물없는 조카들이지만 그 앞에서 무안할 때
가 많다.
요리 비켜놓고 조리 비켜놓다가 그예 그 고기를 빳빳이 식혀 버리
고 끝까지 먹지 않고 내놓는다. 이런 열적음을 늘 당하면서도 나는 무

슨 의무처럼 꾸준히 또 실행한다.

정말이지 난 얘가 사랑을 받을 줄 모른다는 데 들어가서는 울고 싶었다. 흔히 내 동무들은 와보고 더러운 줄도 모르고 같이 데리고 자며 도대체 너무 인정만 쓰기 때문에 애 버릇이 없어질 게라고 말들을 많이 해 주었다. 허나 사월이가 버릇이 나빠진다는 것보다는 정말 사월이가 내 이 귀염을 받지 않고 그래도 버릇도 나빠지지 못하는 데 사실 내 실망은 컸으며 비극이 자라고 있다.

제 고모한테서 들은 얘기도 있거니와 밤이면 나와 단둘이 자면서 가끔 제 신상 얘기를 할 제 나는 사실 제 고모에게 들은 것에서보다 얼마나 더 슬펐는지 모른다.

"사월이 네 일이 고되지 않으냐? 물장수를 도루 대자, 응."

"아이 어려운 일이 뭐 있어요? 이 댁엔 너무 일이 없어서 정말 심심해 못 견디겠어요. 게다가 물까지 안 길으면 어떻게 하게요. 그래서 물장수를 떼라고 하고 지가 긷지 않아요."

우리 집에 온 지가 벌써 서너 달이 지났는데도 불구하고 또 내가 늘 남의 집처럼 생각지 말고 너의 집으로 알아라 하고 떠먹이듯이 일러야 듣지 않고 '이 댁'이라고 하는 말에 정 떨지는 것을 느끼었으나 역시 다정하게 말을 받아 줬다.

"그래두 너 아침 밥 짓기 고단할 걸 그래."

"아―뇨, 이 댁엔 참 누워서 떡 먹기예요. 그전에 지가 여관집에 있을 적엔 하루에 물을 여덟 지게두 다 길었는데요 뭐. 그 집엔 상밥 보는 게 스물이나 되는 걸 지가 혼자 다 했어요. 그땐 참 웬걸 지금만이나 했나요, 지가 열한 살 땐데요."

"여관집인데 왜 행랑 사람두 없었나."

"없었어요. 똑 주인마님하구 저 하구 둘이서 해냈는데요. 지가 인제 아침 네시 반부터 일어나죠. 그래 불을 다 지쳐놓은 후에 상을 죽 늘어놓고는 수저랑 김치 같은 것을 다 놔놓고 인제 쌀을 씻어서 안쳐 놓으면 주인마님이 일어나시죠. 그럼 인제 반찬을 만들어 가지구 상들을 들이죠. 상 스물이 방마다 들여가려면 참 죽겠어요. 어떤 땐 무척 힘에 부쳐요. 한번은 참 ─ 꼭 한 번 그랬어요. 인제 상을 내오다가 메쳤군요. 그렇게는 안 그럴 건데 이 다리 때문에 그랬어요. 저희 의붓아버지가 글쎄 저더러 나가서 얻어먹지 않는다구 장작을 패다 말구 쪽마루에 걸터앉아서 장작패는 구경을 하구 있는 걸 장작개비루다 정강이를 후려갈겼는데 어떻게 몹시 때렸는지 그땐 정말 다리가 부러지는 줄 알았어요. 그래 이걸 나수느라구 무아간에서 내려오면 왜 적십자 병원이라구 있죠. 거기 무료실에 글쎄 근 달포나 다녀서 겨우 낫어요. 이거 보세요. 지금두 이렇게 흉터가 크죠."

이불을 걷고 내보이는 정강마루에는 허연 흉터가 한 일 자로 가로질러 있다.

"그래 말이에요. 이게 다른 땐 아무렇지도 않은데 추운 겨울이 되면 이 다리는 맥이 없어져요. 그래서 글쎄 한 번은 상을 내 가지고 오는데 다리가 남의 다리처럼 힘없이 삐끗 디뎌지더니 고만 넘어지는군요. 정신없이 넘어지면서두 그릇만 안 깨뜨리려고 힘을 다해서 상을 떠받들었더니 상은 더 저쪽으로 떨어져서 악살박살 모두 깨졌어요. 그리군 주인마누라한데 대가리를 부르트도록, 참 그때 되게 얻어맞았어요. 난 그건 참 당초에 안 잊어버려져요, 웬일인지 그리구 한 일 년 더 있다간 어머니 집으로 또 들어갔죠. 그랬더니 그 의붓동생들 극성에 배겨날 수가 있어야죠. 그만해두 남의 집으로 다니다가 무아간 그 움집 같은 데서 끼마다 아버지 눈칫밥을 먹으려니까 풀찌꺼기 같은 양쌀밥두 도무지 안 넘어가겠죠. 그런데 하루는 제일 사나운 끝의 동생이 나 밥 먹는 게 보기 싫다구 하며 새우젓 집던 젓가락 끝으로다 제 눈을 찔러서 피를 냈죠. 그랬더니 그 뒤에 어머니가 '네 꼴보기 싫으니 나가서 얻어먹든지 죽든지 하라구 옷을 보퉁이에다 싸주면서 우선 너희 고모 집에 가 있다가 어떻게든 하라'구 그러겠죠. 아주 추운 저녁인데 글쎄 아버지 들어오기 전에 어서 나가라구 하는군요. 할 수 없이 인제 옷보퉁이를 들고 나오는데 글쎄 어머니는 보퉁이를 대문간까지 내다 주고는 무아간 집은 산비탈이 돼서 유난히 돌 청칭대가 험한데 거기까지나 좀 들어다 주면 어때요. 내가 문을 나서자마자 대문 빗장을 지르곤 들어가 버리는군요. 그 캄캄한 돌칭대를 내려오면서 참 그때 지가 무척 울었어요. 기차에 가 깔려 죽어 버릴까고 다 생각해 봤어요."

나는 코허리가 시큰함을 느끼면서 손끝으로 눈을 눌렀다.

하지만 사월이는 눈이 말똥말똥해서 남의 얘기처럼 한다.

실로 사월이는 우리 집에 와서 울어본 적이 없다. 나한테 나무람을 들고도 뒤에서 우는가 하면 그런 눈치가 없다. 아무리 내가 몹시 혼을 내주는 때에도 훌쩍거리구 비켜서서 운다거나 눈물이 걸씬해 있는 것을 구경한 일이 없다. 사월이는 내 눈치를 보고 말을 조금 끊더니 다시 계속한다.

"글쎄 우리 어머니는 그렇데요. 그런 사람이 어머니가 무슨 어머니예요. 의붓동생들만 귀여워해 가지군 제가 남의 집을 살다가 옷 한 벌이라도 밴밴한 걸 얻어 가지구 들어가면 이걸 뺏어서 동생들에게 해주는데요. 뭐 난 어머니 정이라군 조금두 없어요. 그래 이렇게 남의 집으로 돌아다녀두 어머니 생각은 꿈에도 나지 않아요. 가끔 몸이 아플 때면 우리 집에 의붓할머니가 있는데 그 할머니 생각이 조금씩 나지, 그 외엔 아무 생각도 안 나요."

시계가 열한 시를 치고 아랫방 애들의 공부하는 소리도 이제는 들리지 않는다. 나는 사월이더러,

"어서 자자."

하고 큰 전등을 끄고 작은 알등을 켜고는 눈을 감아 보이니 사월이도 이불깃을 치켜 끌어올리고는 돌아눕더니 눈을 감는 모양이다.

눈을 감은 채 한참 동안 사월이의 걸어온 길을 더듬어 본다. 그리고 환경이 만들어준 쇠처럼 찬 이 어린것에게서 어느 정도까지의 무서움을 느낀다.

—— 여성, 1937년 6월호

하

  결국 따뜻한 사랑을 받아 보지 못한 인간이란 남에게 제가 모르는 이런 사랑을 줄 줄도 모르려니와 받을 줄도 모른다는 것을 다시 한 번 깨달아 본다.

  나는 내 동무 중에서도 이런 사람들을 골라 보고는 마음의 서글픔을 느꼈다.

  조금 있다가 눈을 떠 옆에서 자는 사월이에게 시선을 던졌다. 어린 힘에는 부칠 만큼 험한 길을 걸어온 내 머릿속에 있는 사월이와는 다른 무사기한 사월이의 자는 모양이다. 하얀 가슴을 빼쭉이 내 놓고 쌔근쌔근 십오 분도 못됐는데 벌써 잠이 깊이 든 것 같다.

  "감기 들라"

  이렇게 혼자 말을 하고 나는 사월이의 벌어진 저고리 앞섶을 여며 주며 발치의 이불을 잘 눌러 주고는 천진스럽게 자는 그 어린 얼굴을

사월이

한참이나 들여다보았다. 얼굴에는 손톱자국이 많다. 가만히 감긴 눈, 꼭 다문 입, 날카롭게 선 콧날, 얼골 윤곽이 똑똑한 만큼 이지적으로 보이는 곳에 따뜻한 정이 깃들이지 않았고 찬 고독이 그늘 져 있다.

눈에는 보이지 않으나 이 어린 것의 주위에는 이 밤에 천사의 날개가 덮혀 있을 것만 같다.

잠든 순간 착한 신의 자손처럼 보이는 이 어린 것과 함께 거룩한 모성애도 있으리라는 것을 생각해 본다. 나는 애를 데리고 있으면서부터 그 애에게 이상한 사랑을 느꼈다. 이따금 나는 사월이에게 부어지는 내 사랑이 어느 종류에 속할까 하는 것을 생각해 본 적이 있다. 그러면 보통 집에서 부리는 애를 불쌍히 여겨서 좀 더 인자하게 하려고 하는 마음과는 물론 동떨어지게 다르다. 그럼 내 동생이나 조카들을 귀여워하는 것과 같으냐 하면 그것과도 좀 다른 것을 느낀다. 사월이가 세상 어느 곳에도 이게 내 집이거니— 하고 마음을 놓고 의지 할 곳이 없다는 참혹한 경우에 따뜻한 사랑이 애에게는 부어지지 못하고 마음의 한구석이 빈 채 병들어 자랐다는 신원이 내 머리에 인 찍히자 나는 이 의지가지 없는 사월이를 남들이 딸을 이렇게사랑하리라는 것처럼 그런 심경에 흡사한 사랑이었다는 것을 고백한다.

사월이는 열세 해라는 오늘까지 남의 눈치로 이렇게 자란 만큼 내 눈치를 살펴서는 입의 혀처럼 미상불 까다로운 내 성미를 잘 맞추어 낸다.

내가 시골집으로부터 좀 좋지 못한 편지를 받아 가지고 심난해하면 내 곁을 도무지떠나지 않고 저도 같이 경황이 없어 하며 또 내 기색이 좀 피로해 보이면 우선 말소리를 낮추어 하고 동작을 가볍게 전보다 재빠르게 하며 물 한 그릇을 떠와도 씻고 또 씻어 가지고 와서는 내 비위를 건드리지 안으려고 조심한다.

어린 것이 이렇게 눈치를 보는 것을 보면 너무도 가엾서서 나는 될 수 있는 대로 성이 낫던 도 누르고 또는 흔히 사월이의 이러는 것을 보면 미안해서 성이 풀어진다.

허나 사월이가 처음 오던 당시에는 지금은 지어 버린 많은 나쁜 버릇이 과연 많았다.

그 애가 처음 우리집에 왔을 때 나는 이따금 진고개를 갔다가 돌아오는 길에 이렇게 하면 좋아하려니 하고 슈크림을 사 가지고 와서는

"사월아, 너 이런 거 먹어봤니? 말을 잘 듯길래 상으로 사왔다."

그만한 아이들에게서 응당 볼 수 있을 그 좋아하는 양을 보려고 하면 사월이에게서는 도무지 이것을 얻어 볼 수 없다.

아무 소리 없이 마치 싫은 듯이 받아 가지고 부엌으로 들어가 버리고 만다. 맛이 있게 먹는지 또는 버리는지도 알 길이 없다. 이것은 먹는 것이 되어서 그런가 하면 드팀전에 나갔던 길에 내 옷을 뜨면서 사월이 저고리감을 떠 가지고 와서

"이걸루 네 저고리 해줄fks다."

해도 어디가 반가워하는 기색이 없이 해 줄 테면 해 주고 말 테면 말지 하여 대수로워하지 않는 태도이던 것이 지금은 아주 달라졌다.

일전에도 국화꽃을 놓은 은가락지를 사다 주었더니

"아이 돈 없으신데 뭘 사오셨어요."

이렇게 체면을 차리면서도 방긋방긋 웃으며 은근히 기뻐하는 것을 보았다. 그날은 조카들에게두 공연히 신이 나서 심부름을 그 전 없이 잘하는 것을 볼 제 다시 되는 사월이를 볼 제 나는 바보 이반처럼 기뻤다.

그 애는 또 무엇을 먹다가 내가 보면 질겁을 하고 속이려는 버릇이 있었다. 이런 때마다 나는 그런 짓은 남의 집 사는 사람들이 하는 나쁜 버릇이니까 너는 그래서 못 쓴다고 타일르거나 고치기 어려웠다.

내가 너를 믿으니 내 집으로 생각해서 기탄없이 하라고 간곡히 일러 줄 때면 환경이 낳아 준 그 의심과 반항이 가득 찬 싸늘한 눈초리로 나를 언제까지나 빤히 마주 보고 섰는데 정말 정 떨어진다. 선머슴인 내 조카놈들이 저한테 욕을 할 때 보면 완연히 사월이에게서 이지적인 냉소적 태도를 엿볼 수 있다. 때로는 그 어린 것에게서 무서운 얘기를 듣는다.

"아이 내 의붓동생들 좀 죽기나 했으면 좋겠어요, 그놈의 애들은 왜 하나두 죽지두 않는지 몰라. 다섯 태어난 게 글쎄 죄다 살았군요. 아이 낳은 거 제일 사나운 맨끄테 기집애가 정말 미워 죽겠어요."

"예라 흉측스럽다."

내가 듣다 못해 나무라면

"어때요 뭐, 아이 정말 좀 그렇게 됐으면 좋겠어요."

난 이렇게 잔인한 태도를 발견할 때 나는 그 애의 굽혀진 마음씨를 펴주겠다던 데서 낙망을 좀 느끼고는 온종일 침울할 때가 있다.

사월이는 또 남이 보는 데서 무엇 먹기를 꺼린다. 시골집에서 어머니가 떡을 해 보내는 때문에 우리집에 늘 여기저기 담겨서 떡이 잘 버려져 있어도 나 보는 데서는 한 조각 집어먹는 법이 없다. 먹으라고 자꾸 하고 보면 나중엔 새파랗게 성을 내고 나간다.

그러면 그 애가 정말 이렇게 떡을 안 먹느냐 하면 그렇지 않다. 한 번은 내가 한 회사에 있는 타이피스트와 같이 오다가 아침에 떡 찐 것을 먹지 않고 두고 온 것을 생각하고 우리집 가서 떡 먹고 가라고 데리고 오면 아침에 내가 그 잘 무른 떡을 쟁반에 담아 벽장에 넣어두었던 것을 생각햇다. 그랬던 것이 떡을 주마고 사람을 데려다 앉혀놓고 상에다 김치까지 놓아 오래 가지고 벽장 문을 열어보니 비인 쟁반에는 팥고물만 흐터져 있을 뿐이니, 어쩌랴 다시 또 급히 떡을 찌느라고 난처햇던 일이 있었다.

그러던 것이 지금은 먹을 것이면 나 보는 데서 기탄 없이 먹고 한 번 안 먹겠다고 한 것이면 언제까지나 건드리는 법이 없이 그냥 내버려 두는 것을 보아 차차로 사월이가 음증에서 양증으로 변해 가는 과정이 뚜렷하다. 도 처음 왔을 때는 울 줄을 모르던 것과 마찬가지로 좀체 웃는 것을 보기 어렵고 대체로 꽈리 같은 고 입을 빼트려 놓은 것처럼 한 번 꼭 다물고 보면 말이 없는 애였는데, 지금은 가끔

"아이 난 울아버지를 좀 봤으면 좋겠어. 아버지 얼골을 통 몰라서 지금은 아마 다 썩어서 없어졌겠죠."

하며 이따금 먼 산을 바라보고 새카만 눈에 눈물이 걸씬해 있는 것을 볼 수 있는 것도 새로운 현상이다.

그런가고 보면 어떤 때는 또 아랫방에 조카 놈들 하구 장난을 쳐 가지고 허리가 끊어질 듯이 배를 부둥켜안고 헤헤 거리며 웃어댄다.

사월이가 나하고 같이 있는 지 이태째 되던 작년 여름에 나는 열병으로 몹시 앓은 적이 있다. 이때 내가 헛소리를 자꾸 하며 밤이면 몹시 괴로워하게 되니까 사월이가 통 밥을 안 먹고 내 머리맡에 앉아서 닭의똥 같은 눈물을 뚝뚝 떨어뜨리더란 것을 내가 병이 다 나은 뒤에 조카애들한테서 듣고 기적 같은 일이 잘 믿어지지 않았다.

세상의 단 한 사람도 저 애 편을 들어 줄 사람이 없구나 하고 생각할 때 어떠한 잘못이라도 용서하고 싶고, 사월이에게 먹이는 것을 살박아 먹이고 싶고 입히는 것 역시 아끼고 싶지 않다.

그리고 월급을 주는 셈 치고 한 달에 1원씩은 꼭꼭 내 월급에서 떼어 사월이 앞으로 제가 모르게 저금을 해 주었다.

나는 물론 사월이를 오래오래 두고 부려 먹으려는 욕심은 안 부렸다. 사월이가 열여덟 살만 되면 무엇보다도 마음씨가 썩 좋고 무던한 신랑을 골라서 시집을 보낼 작정이었다. 그리고 부모 대신 돌봐 줄 것을 돌봐 주려고 했다. 사월이를 내 줄 이런 생각을 진실하게 해 볼 때나는 마음이 아닌 게 아니라 몹시 서글퍼지는 것을 어찌할 수 없었다.

저도 정이 들었으려니와 나는 사실 사월이한테다 정을 폭드렸다. 제가 나라면 끔찍이 생각해서 나를 알뜰이 위해 주는데 세상에 다시 없이 내게는 고마웠으며 여기 정이 붙었다. 어떤 때 나는 이런 것도 생각해 보앗다. 저것을 시집보내기 전에 집의 성화로 내가 먼저 내년 봄에라도 출가를 하게 된다면 저 사월이를 어떻게 하나? 단가 살림이라면 문제없이 데리고 들어가서 살림을 맡겨도 좋지만 만일에 엄한 층층시하로 시집살이를 들어가게 된다면 어방이나 있느냐, 그리된다면 사월이는 어떻게 하나? 그러면 시골 어머니에게로나 보낼까? 하고 잠이 안오는 밤이면 이런 공상에도 잠겨 본다.

그런데 갑자기 내 생활에는 사탄이 뛰어 들어왔다. 다른 것이 아니라 내가 회사에 간 동안에 사월이가 없어졌다는 돌발사건이다.

물을 길러 갔나 보다 하고 무심히 있엇던 것이 아무리 있어도 들어오지 않으므로 나는 수돗가로 나가보앗으나 거기 있지 않았다. 물고등을 가지고 있는 가게 영감님에게 물어 보았다. 그 애는 저녁 때는 한번도 물 길러 온 일이 없다는 것이다. 제동무들에게 물어 보아도 못 보앗다고들 한다. 그제서야 나는 와락 의심이 나서 집으로 얼른 뛰어 들어와서 방안을 둘러보고 건넌방에 건너가서 사월이 세간을 조사하기 시작했다.

늘 걸려 있던 검정치마와 분홍저고리가 보이지 않을 뿐만 아니라 허리끈 하나 방바닥에 떨어져 있는 게 없다. 방안에 들어서기가 선뜩한 게 웬일인지 허룩한 방이 무서워진다. 사람이 도망질을 했다고 생각되는 그 순간 나는 머리가 쭈뼛쭈뼛해지는게 사실 건넌방에 들어서 기가 무시무시해지고 처음 보기 싫은 것을 느꼈다. 떨리는 손으로 우선 사월이 옷 궤짝을 열었다. 흙구덩이에 다 빠져다놓은 버선이 한 켤레 뒹구는 외에 장안은 텅 비어 가지고 새옷은커녕 벗어놓은 헌옷 한 가지가 없이 다 가지고 갔다. 머리 빗던 빗 상자까지 제 세간 나부랭이는 하나도 남기지 않고 가지고 간 것을 보아 역시 아주 가 버린 아이다.

집안에 도적이 들었다. 나간 새벽녘처럼 휙- 한 게 무서워서 건넌방에 앉아 있기도 싫고 그렇다고 해서 또 춘보를 떼어놀 수도 없이 몸은 사시나무처럼 떨린다.

조금 있다 제 고모집으로 달려가 보았으나 거기도 오지 않았다고 한다. 다시 섬뜩해지는 얘기는 그 애가 어디를 가서 오래 못 있고 속에 바람이 좀 있어 가지고는 참답게 살다가도 곧잘 그렇게 달아나는 버릇이 있다는 처음 듣는 얘기다. 파출소에다 수색원을 제출해 놓고 나는 더 할 도리를 모르고 손에 맥이 확 풀렸다.

밤에 혼자 누워서 내가 사월이한테 오늘 한 일을 곰곰이 따져 본다.

그렇지만 아무리 생각을 굴려 본댔자 오늘이라 별달리 노여움 살 짓을 한 것을 찾을 수 없다. 나는 몹시 노여웠다.

"남이란 결국 이렇게 소용이 없는 것이구나. 나는 저를 그렇게 사랑하며 서로 믿거라고 의지하고 살아왔건만 요렇게도 어쩌면 무정스럽게 달아나 버린단 말인고…."

오래간만에 부엌에를 내려가 내 손으로 밥을 지으며 나는 사월이가 아침저녁으로만지던 이남박이며 칼과 도마, 사월이 손으로 빨아다 널어놓은 행주 이런 것들을 만질 때마다 사월이가 생각나서 견딜 수 없다. 마치 죽은 사람이나처럼 그렇게 마음이 언짢아서 나는 그녀이 쓰던 석탄 깨뜨리는 도끼를 붙잡고는 석탄을 깨뜨리다 말고 한참이나 부엌바닥에 앉아 울었다.

"아주머니 기집애가 뭐 동이 낫소 그까짓 거 달아난 년을 뭐 자꾸 생각하우. 내 어디 가서 내일 기집애 하나 붙들어 오리다."

이렇게 큰 조카는 나를 위로해 주었으나 온 집이 빈 것 같고 영 마음이 붙지 않는다. 사월이년이 마루에서 아른거리는 것만 같고 반찬거리를 사 가지고 대문간에서 금방 톡 뛰어 들어올 것만 같다.

3년이란 세월이 아침저녁으로 넣어 준 정이란 참 더럽게도 어찌할 수 없는 것이었던가.

"그녀이 정 갈 줄 알았던들 저 시집 보낼 때 주겠다고 어거리 장 속에 넣어었던 남숙수 치마랑 노랑 법단 저고리감두 모두 내줄 걸. 그리고 제 저금 통장두 주어서 보낼 걸."

이런 미련을 못 놓으며 그래도 사월이가 어디를 가서든지 잘만 살았으면… 하고 은근히 축원했다.

이해 봄도 지나가고 여름철이 왔다. 조카들이 여름방학을 이용해서 나도 회사에서 휴가를 좀 맡아 가지고 우리는 송전 해수욕장으로, 그

동안 집은 잠가놓고 수영을 갔다. 한 일주일 놀고 우리는 집으로 돌아왔다.

돌아온 날 아침이다. 조반을 치르고 작은 조카가 편지를 부친다고 껑충거리며 나가더니 중문간에서 헌 신문지에 싸인 조고만 새끼 화분 하나를 들고 들어오며 그것이 문지방 아래 놓여 있더라고 한다. 신문지가 누렇게 바랜 것으로 보아 누가 우리 없는 때에 문틈으로 놓고 간 것 같다.

소꿉처럼 이쁜 화분에는 양딸기나무가 심겨져 있는데 아직도 살아서 새 잎사귀가 움돋고 있다.

"아니 그걸 누가 갔다 놨을까?"

밥상을 마주 안고 한 자리에들만 모이면 우리집 식구 간에는 이 새끼 화분이 큰 얘기거리다.

"글쎄 그 누가 그런 짓을 했을까. 아무리 생각해 봐도 모르겠는데."

나는 속으로 여러 가지 상상을 재미있게 얽어 본다. 우리 동무 중에서 누가 그랬을까? 혹은 어떤 남자의 로맨틱한 장난일지도 모른다. 이 주인공은 반드시 대범한 사나이와는 거리가 먼 곰상스럽고 재미스러운 성격의 소유자임에 틀림없을 게다. 이 화분의 생김새가 그것을 놓고 간 주인공의 마음을 잘 증명한다.

대개는 글 쓰는 사람의 장난일는지도 모른다.

이 장난감 같은 화분은 몹시 귀염을 받는다. 양딸기나무는 자꾸 순이 뻗어서 이 좁은 화분에서 거북스럽게 기어 나온다.

허나 새것이란 곧 낡은 것이 되고 보니 사람의 주의, 더구나 옮겨 가기 쉬운 젊은이들의 주의란 그렇게 오래 붙들려 있기 쉬운 것이 못 되고 보니 이제는 화분도 우리들의 화제에 오르는 영광에서 내려졌다.

하루는 저녁을 짓느라고 부엌에서 분주해 있는데 대문이 왈칵 열리더니 내가 미처 내다 볼 새도 없이

"아씨!"

뛰어 들어오는 것을 보지 않아도 사월이 음성이 틀림없다. 나는 꿈이 아닌가고 부엌 문을 열고, 엇결에 한 발을 마당에 내어놓은 채 다 나오지도 못하고 잠깐 동안 아무 말도 못했다.

"아니, 이게 누구냐."

사월이 손목을 이끌고 방안으로 들어가는데 아랫방 조카들도

"아이 저년이 어디서 인제 왔어. 응"

하며 모두 사월이를 둘러싸고 안방으로들 모였다. 사월이는 방안을 휘- 한 번 둘러보더니 내 얼굴을 쳐다보고 생긋이 웃으며

"그때 비오던 날 왔더니 내문이 잼겼겠죠. 그래 화분만 대문을 밀고 틈으로 넣고 그냥 갔죠. 도련님들 그저 학교들 다니시죠."

"그럼."

나는 무슨 말을 해야 좋을지 찾지 못했다.

사월이는 부스럭거리더니 옆에 끼고 온 종이 꾸러미를 끄르고 그 속에서 중국집에서 파는, 내가 좋아하는 술병을 다섯 개나 사 가지고

와서 내놓는다.

"이건 다 뭐냐."

나는 사월이의 이 따뜻한 정에 부딪치는 순간 간신히 누르고 있던 눈물이 와락 솟아 쏟아져 흘러래렸다.

사월이도 나를 쳐다보고는 고개를 팍 수그리고 훌쩍거리더니 참을 수가 없는지 일으켜 세웠던 무르팍에다 고개를 사뭇 박고 흑흑 느꼈다.

—— 여성, 1937년 7월호

우장雨葬

"내일두 비 오시긴 또 다 글렀다."

길가에 늘어선 아카시아 나무들은 잎 하나 까딱이 없고 오늘도 하늘엔 별만 총총 났다.

박 초시네 넓은 마당 멍석에 모여 앉았던 늙은이들 중에서 어떤 할머니가 맑은 하늘을 쳐다보며 이런 말을 하자,

"아아니 뭘 먹구 살라구 날이 정 요렇게 가물까?"

"글쎄나 말이지, 읍엔 어저께두 소내기가 두 차례나 왔다는데 그래여긴 어디서 천하의 몹쓸 놈들만 산단 말인가. 다른 덴 다 빛이라두 뵈는 비가 왜."

"벌에 나가 보면 정 기맥혀 못 겐디가서. 그저 조들이 도릿깨루 친 거처럼 다 들어 눴구만. 성냥만 거대면 그저 훌훌 붙가서."

"그러니 하누님두 원, 눈을 요렇게 띄워놓구 다된 나달(곡식)을 태워

버린 담매."

"그저 이제라두 비가 오시기만 하면 늦진 않아."

"그럼, 비만 오시면 이제 조이삭에 새방울이 매치면서 여물지기리."

"이 할마이들이 정신 나간네. 비는 벌써 멀리 간 지가 석 삼 년요."

"그러쿠 말구, 비야 이젠 멀리 갔지기리."

"아, 정 저 웃동리 박우물이 말라 들어간다지."

"박우물뿐이리. 우리 아 애미 오래간만에 오늘 주재소 우물루 물 길
러 갔다 오더니 드레박 줄이 짧아 곤두백일 뻔하면서 가까시루 길어
가지구 왔다든데."

하니까 그 중 한 노인이 목소리를 나직이 죽이면서,

"이거정 우리끼리니 말이지, 우리 집 영감님이 그러는데- 저 을미
봉에다 이마적에 산소들을 함부루 써서 날이 이렇게 가문답데. 우
리 영감 말이 자기가 권리께나 지금두 쓸 만한 처지라면 당장에 거기
쓴 메들을 다 파내라구 해보구 싶다구 하두만."

"하긴, 정 을미봉에다 전엔 산소들을 쓰지 않았습넨다."

"분명히 그 까닭이라면야 아, 낼이라두 의논들 해볼 일이 아뇨?"

"허지만 건 좀 어려우리다. 우선 최강관(농감)네가 거기다 메를 썼
지, 또 면소 오서기네며 아- 이 좌중에두 쓴 사람이 많지 않소."

그러니까 아까부터 연기도 안 나는 담뱃대를 심심하면 빡빡 빨아
댓진만 올리고 있던 노인이 담뱃대를 입에서 빼며 내달았다.

"비가 뭐, 이 바닥에만 안 오게? 왼 죄선 천지에 다 안 오는데 을미

봉에 메 쓰고 안 쓴 게 무슨 상관야, 으응, 원 거 말 것지두 않은 말은 하지두 마쇼. 나두 손주 새끼 하나 갔다 묻었소만 거 따문에 비가 안 온다면 시방이라두 가서 당장 파내구 말갓소."

이 동리 할머니들은 저녁만 먹고 나면 장명등長明燈이 켜져 있는 박 초시네 이 마당으로들 이렇게 모여들었다.

그래서 박 초시네 넓은 마당 멍석이 펴진 덴 생 쑥 모깃불이 놔지고 늙은이들은 모깃불 연기를 날리며 줄며 이런 얘기들을 하다가 졸음이 오면 일어나서 행여나 하늘이 비를 머금었나 쳐다보면서들 헤어져 갔다.

아랫 동리를 합쳐야 한 백 호가 될까 말까 하는 이 마을 사람들은 앞에다 개(江)를 끼고 농사라는 큰 일치一致 속에 하나같이 하늘을 쳐다보고 사는 사람들이었다.

박 초시네도 그들 중의 하나로 초시 영감이 세상을 떠나자 머슴을 부려 농사를 짓는 한편 잡화가게를 내서 용돈을 얻어 쓰며 살아가는 집이었다.

농사란 실로 하늘과의 보조만 잘 맞아가고 보면 게서 더 재미나고 다른 데 비해 또 수월한 일이 예서 더 없는 것이나, 이것이 한 번 어긋 나가고 보면 이처럼 또 허황한 노릇이 다시없는 것이었다.

이 고을엔 밭들이 많고 논은 쌀에 뉘 섞이듯 불과 얼마가 안 되는 것이었으나 올해에 들어 가뭄은 유난스러워 논이란 논은 모두 다 쩍 쩍 갈라져 처음에 소담스럽게 자라던 모들은 그만 모판에서 나가

보지도 못하고 꼬딱 선 채 하얗게 시들어 죽고 바람이 불면 논바닥에 선 먼지가 풀썩 풀썩 났다.

박 초시네 큰 마당 앞 늘어선 버드나무들을 끼고 흘러가던 개울물도 날이 원체 가물어대고 보니 이제는 물이 차차로 줄어져 조약돌은 등이 드러나고 시원히 흘러내리지를 못하는 물은 썩어서 냄새를 냈다.

날이 밝으면 자리에서 일어나 나오는 길로 사람들은 엄한 아버지의 기색을 살피듯이 하늘의 기색을 살폈다. 그리고 또 저녁 때 벌에서 돌아오는 그들은 화끈화끈 단 땅을 맨발바닥에 느끼며 해질녘의 구름장이 밀려들어가는 방향을 엄밀히 지키며 돌아왔다.

박 초시네 가게 앞엔 장명등이 켜졌다.

괭이를 메고 곰방대를 빨며 방축 쌓은 데로 걸어오다가 초시네 앞 개울 나무다리를 건너서면서부터 담뱃불을 죽이곤 밀짚 벙거지를 벗으며 초시네 처한테 공손히 인사를 하는 젊은이도 있었다.

"아주마니. 저녁 잡쉈시까?"

매 같은 눈을 하고 인사를 하나 안 하나 살피고 있던 초시네 처는 그제야 별로 인자한 얼굴을 지으며,

"응, 조카님 벌에 나갔댓습나? 날이 이렇게 가물어 큰일일세."

"비가 안 오셔 정 큰일 났시다. 날두 원 가문다 가문다 하기루 이렇게 가물 수가 있어요."

"집의 농사들은 어떻게 됐습나?"

"뭐, 말 아니죠. 저어 을미봉의 것들은 그래두 좀 난데, 이 안꼴 밭

들은 도지두 못바치게 될 거 갓시다. 나이 많은 노친네들은 계시구 자식새끼들은 많구 정 야단 낫시다."

"흉년 모룬다던 뺑보네 땅들두 올엔 말 아니래지."

"아, 뭐, 별 수 있나요? 올처럼 가무는 데야 제아무리 좋은 밭인들 겐디어날 재주 있나요?"

젊은이는 박 초시네한테 허리를 다시 굽혀 인사를 하더니 벙거지를 쓰며 걸어갔다.

서쪽 산마루에 반쯤 걸렸던 여름 해는 무던히 오래 지체를 하더니 넘어갔다. 얼마 크지 않은 동리는 어둠 속에 한결 더 적어 뵈고 이응 또 다정스럽기도 했다.

온종일 사뭇 푹푹 삶는 더위에 죽지 못해 살아 배겼던 사람들은 불덩이 같은 해가 감추어지자 한결 살 것 같아 숨들을 '후유우' 내쉬며 무엇한테 쑤석질당한 게(蟹) 떼들처럼 집 밖으로 밖으로 자꾸들 기어 나왔다.

개들도 더위를 참지 못하겠다는 듯이 뜨물에 탄 좁쌀 겨 죽을 좀 얻어먹고 나서는 사립문 앞에 가 넙죽 엎드려서 헛바닥을 내놓고 숨이 가빠 헐떡거렸다.

박 초시네 가게는 저녁이 되면서부터 할머니는 늙은이들이 모이는 마당으로 내려와 앉고 며느리가 번을 갈아들었다.

"과자 좀 주쇼!"

등에다 제법 큰 아이를 업은 낯선 젊은 여인이 가게로 들어왔다.

"무슨 과잘 사갓소?"

"저 - 거시기 빗겠또라나. 뭐, 그런 거 없시까?"

"비쓰껜 다 떨어져서 낼 읍에 들어가 가져와야갓시다. 셈벳 가져가 구리."

"그럼, 그걸루 석 냥(한냥은 십전)어치만 주쇼."

과자를 꺼내 종이봉지에다 넣어주며 초시네 며느리는 여인네 등에 업혀 기운 없이 늘어진 아이를 자세히 보더니,

"아아니, 걔가 왜 어디 아푸까?"

하고 묻자 여인은 치마를 들치고 주머니 끈을 끄르다가,

"왜 아니래요?"

그때 여인은 십 전짜리 서 푼을 손바닥에다 꺼내놓고 장지손가락으로 헤쳐 놓으며 몇 번을 다시 세어보느라고 말을 잠깐 그쳤다가 확실히 서 푼을 초시네 며느리에게 주는 일이 끝나자,

"우린 저어 안골 삽니다. 그런데 어린 게 이렇게 앓아서 야 아바이랑 요 아래 양의洋醫한테 왔던 길이외다."

하더니 언제 들어와 섰는지 모르게 뒤에 서있는 중년 농군을 돌아봤다.

"그래, 어딜 그렇게 몹씨 앓습니까?"

"여름에 김을 매라 댕기누라구 일굽 살 난 것더러 이 다섯 살 난 것 좀 보라구 올 여름내 맷겨놓구 벌엘 댕겼죠. 그랬더니 한 댓새 전부터 아이가 기운이 없이 노오래 가지구 있더군요. 그래, 뭬 맥혔나 보다구

밥과질(누룽지)을 태워서 기름에다 먹여 보라구들 하길래 그래 봐두 뭐 그냥 한 모양이더니 오늘은 벌엘 나갔다 오니까 마당에서 끼잉 하군 힘을 디려 똥을 누는 거 같더니 오다가 고만 땅에가 퍽 씨러지군 기운을 못채리눈요. 그래, 구둘(방)에다 데려다 뉘니깐 아이가 점점 숨소리가 기어들어가구 맥이 도무지 안 뛰갔죠. 그리군 저이 아버지랑 내가 암만 불러두 몰루눈요(여인의 눈엔 그만 눈물이 걸씬해졌다.) 그땐 고만 아이 잡나 보다구 저이 아바이랑 업구 양의한텔 내려왔군요."

"그래, 의사는 뭐래요?"

"보더니 그저 주사침이라나 뭐 그걸 넓적다리에 한 대 주둔요. 그때까지두 아인 아무것두 몰라요. 그러더니 두 대째 놓는데 그쩍엔 아프다구 우눈요. 그래, 올 땐 죽어서 내려온 게 지금은 이렇게 살아나서 갑니다."

그러자 빙그레 웃고 말없이 뒤에 서 있던 그 애 아버지란 이가,

"돈은 삼환 돈 색였어두 하나두 아깝지 않으외다. 그 정 양의가 용킨 합디다."

말을 끝내고 나서도 착하디착한 얼굴을 한 사나이는 여전히 웃음을 걷지 못한다.

"자, 그럼, 평안히 계시쇼."

"네, 조심해 올라들 가쇼."

그들 부처는 앞서거니 뒤서거니 하며 어둠 속으로 사라졌다.

그들을 보내놓고 박 초시네 며느리는 속으로 다리 병신 애 놈을 생

각한다.

"우리 넷째 다리도 그 의사가 좀 고쳐 주지 못할까? 줄창 넓적다리 에서 고름이 질질 흐르고 어린 것이 나무 지팡이를 힘들여 짚으며 절 고 다니는 꼴을 안 보게만 해준다면 까짓 거 내가 쌀을 퍼서라두 고쳐 준 값은 내구야 말 텐데."

며느리는 별러 가지고 시어머니를 보고 의논을 했다.

"어머니, 저 아래까지 온 양의네가 아주 용타는요."

"누가 가봤나, 알게 뭐야."

"아까 웬 촌사람들이 그러는데 저이 아이두 다 죽게 된 걸 살려 놓 드라는데."

"용킨 뭘 용해, 양의는 허가 맡은 도적놈이란다. 그 아이 운이 벌써 살 때가 됐으니까 살아났지, 그렇게 쉽게 살려놓는 재주가 있으면 제 가 발바닥에 흙을 안 묻히구 댕기게."

"그래두 또 압니까? 정말 용하대요. 말 들어보니까 우리 넷째 좀 가 서 봐 봤으면 난 좋겠시다."

"뭐? 넷째, 넷쟨 왜?"

며느리는 으레 늙은이한테서 그런 반대가 나오리라고 기대는 했던 것이나 막상 당하고 보니 야속하고 부아가 났다. 그는 치마꼬리에 자 구 감겨드는 아우 본 계집아이 대가리를 철썩 때리며 밀어 던지곤 불 손한 어조로,

"우리만 못한 산골 사람들두 새끼가 앓으면 병원엘 데리구 가는데

이건 몇 해째 새끼가 쩔룩거리구 댕겨야 할마니가 평생 걱정을 하나, 아버지라는 게 고쳐볼 궁리를 하나. 이년 혼자 끌탕을 하면 뭘 해."

"왜, 요즘 가만두지, 저이 할아버지 살아서야 읍에 갈 때마닥 병원에 가서 오죽 물어 봐이, 괜히 공 없는 소리 작작해라. 그건 폐병이 글루 나오는 거가 돼서 종신 병신 됐지, 못 고치갔다는 걸 어떡하니. 올해 날이 이렇게 가물어 내년엔 조밥 깡다리 시래기 죽두 차례에 올지말지 한데 정신 나간 소리만 하구 있어."

늙은이는 담뱃통에다 성냥을 그어대느라고 잠깐 있더니,

'야야, 그 넷째니 뭐니 한가한 소리 하구 있지 말구 저 기지배 올챙이같이 빵꾸난 배때기나 좀 고쳐 줄 생각해라."

박 초시네는 담뱃대를 비스듬이 물며 한 손으로 옆에 울고 앉았는 손주 딸을 앞으로 끌어오더니 치마 위로 아이 배를 쓰윽 쓸어보며,

"아가, 배 안 아프니? 에, 이쁘다. 내 새끼."

하더니 며느리를 향해,

"저번 날부터 쥐 한 두어 마리만 잡아 맥이래두 들었는지 말았는지, 저 몬돌레 작은 기집애두 복하를 쐬서 배가 애처럼 빵꾸난 제 얼굴이 노래 댕기더니 쥐 해먹구 나서 났다는데."

"아, 개뿐인가요? 뭐 동리 애들이 거지반 배때기가 다 불루구 색색거리는데 이 더위가 지나가구 서늘바람 나면 어련히 안 날까 봐서요."

그 후 사날이 지난 뒤 박 초시네 가게엔 가려운 병에 바르는 무슨약이 없느냐고 와서 찾는 사람들이 많아졌다.

그럴 때마다 '데무수水'니 '전치수'니 이런 등속의 피부병 약을 가게에 있는 대로 내주었으나 불과 며칠이 못 되어서 그들은 또 달려와선 약이 없다는 것을 불평했다.

"괜히 돈 석 냥만 날렸시다. 아깝게 그 무슨 약인지 어디 듣읍디까?"

하루는 약 사 갔던 촌사람이 하나 와서 이러는 것이었다.

"아니, 그럼 병원엘 가보구려."

초시네 며느리는 좀 미안하다는 듯이 이렇게 말했다.

"우리 겉은 놈이 왠 병원 신세를 잘 팔자가 됩니까? 병원에 갖다 줄 지폐들이 있으면 보태서 돼질 한 마리라두 더 사놓것시다. 까짓 거 가려운 병으루 뭐 죽기야 하갓시까?"

"아니, 가벼운 병이라는 게 어떻게 가려웁디까?"

초시네 며느리는 지극히 무표정한 눈으로 약 사러 온 그 산골 사나이를 쳐다보며 이렇게 물었다.

"애초엔 아이놈이 어디서 옮아 가지구 왔어요. 그런 게 온 집안에 퍼졌는데 좁쌀 알 같은 게 내 돋군 자꾸 가렵죠. 나중엔 손바닥에두 돋구 그래 가지군 아주 미치게 가려워요. 뭐, 우리 집만 그런 게 아니라 가만히 보니깐 이 병이 온 동리에 모두 도는 걸요."

"아, 그럼 옴이군요. 옴 약을 가져가 보구려."

"아니야요. 옴은 아니에요. 우리두 첨엔 옴인 줄 알았더니 아니라구 들 합디다. 무슨 놈의 병인지 누가 압니까? 날두 처음 보게 요렇게 가

무니 무슨 괴상한 병인들 안 돌아 댕기갓시까."

그러자 옆에 마슬 와 앉았던 만사도감 쫄쫄이(입이 싸다는 별호) 할머니가 말 참례를 했다.

"말이 맞었어, 허구헌날 비가 요렇게 안 오구 강으루 가물어대니 생전 보지두 못하든 괴상한 병들이 다 돌아 댕겨."

그리곤 박 초시네 마당가에 늘어선 버드나무들을 바라보고 있더니 무슨 생각이 나는 것처럼,

"가만있어, 가벼운 데 거정 좋은 약이 있구만."

산골 사나이는 눈을 똑똑히 뜨곤 말을 놓칠세라 하고 긴장을 하며,

"할머니, 그럼 거 좀 가리켜 주시구레."

만사도감 할머니는 자못 득의得意하게 이따금 산골 사람을 삼킬 듯이 바라보며 약을 가리켰다.

"저어, 버드나무 있잖소. 그걸 꺾어다가 잎사구채 물을 두고 삶아요."

"그러믄 그게 어떻게 되나요?"

"거기서 인제 노오란 물이 우러나지. 그럼 그걸 뜨거울 때 수건 같은데 무 찜질을 합네다."

"그러구 나면 안 가려운가요?"

"그럼, 그렇게 몇 차례만 해봐요. 그 신통히 말을 들읍넨다."

"아, 아주머니 건 또 어디서 알았시까?"

초시네 며느리는 덧니를 내놓으며 물었다.

"늙은인 반 의사라네."

산골 젊은이는 고마워서 어쩔 줄을 모르며,

"할머니, 정 고맙시다. 돌아가시면 후제 좋은 데루 가갔시다."

"아, 별 소릴 다. 어서 가서 그 약이나 해 보."

젊은이는 한편 또 초시네 가게에서 아무것도 사지를 않고 그런 좋은 약만 알아 가지고 가는 게 죄송스럽다는 듯이,

"약두 안 팔아 디리면서 이런 좋은 약만 배워 가지고 가서 되갔시까? 나 뭣 좀 사갔시다."

하며 그는 땀과 흙에 절어서 무명 올도 뵈지 않는 등거리 호주머니에다가 손을 넣자,

"아, 별 소릴 다 합네다. 홋 장날이나 오거든 뭘 사가죠. 돈 논데 쓸데없는 걸 왜. 괜찮아요. 그냥 가쇼."

하고 초시네 며느리가 부쩍 말리자, 그는 밀짚 벙거지를 한 손에 들고 몇 번이고 정숙히 만사도감 노친네와 초시네 며느리에게 허리를 구부려 인사를 하고 갔다.

얼마 후에 이런 가벼운 병은 이 마을에도 돌게 됐다.

갖은 약들을 다 해보았으나 효과가 없었다.

어떤 사람들의 말을 들으면 병은 약을 해도 소용이 없고 돌이 돼야 저절로 낫는다고 했다. 다음 날도 다음 날도 비는 오지 않았다. 여전히 날은 소여물 가마에다 넣고 푹푹 삶아내는 것처럼 쪘다.

그런데도 사람들은 끈기 있게 하늘을 쳐다보며 혹시나 비 오실 가

망이 있는가 하고 살펴보았다. 하건만 자지러지게 웃고 달려드는 무서운 악귀惡鬼의 얼굴 같은 해는 점점 더 뜨겁게만 내려 쪼였다. 수숫대 올 바자에 올린 호박넝쿨들은 한말낭 뙤약볕에 농잎 같은 잎사귀들을 축축 쳐 뜨리고 죽은 듯이 늘어졌다.

"세상은 해마다 어려워만 가구 새끼들은 자꾸 늘어가구."

언제 보나 연자간 말처럼 지쳐 뵈고 얼굴은 누룩처럼 뜬 초시네 며느리가 한숨을 섞어 이렇게 말하며 뜨락으로 나왔다.

그러자 축 돌에 가 걸터앉아 곰방대 통에다 가사미를 꼭꼭 다지고 있던 황 서방이 쓰윽 혼자 웃더니 한다는 소리가,

"까짓 거 흉년 들면 난 힘 안들이고 먹갔네."

하곤 호주머서 성냥을 꺼내 담배에다 불을 붙였다.

"재주가 좋아서 황 서방이."

초시네 며느리가 무표정하게 이렇게 비웃자 황 서방은 비쭉 웃더니 담배를 빡빡 빨고 앉아서,

"장날 같은 때 칼이나 하나 품구 저어 살피재 고개쯤 숨어 있다가 장꾼들이 지나가거든 솔밭 속에서 썩 나서면서, '돈 내놔라.' 하면 저이들이 안 내놓구 배기갔소. 그러문 소 팔아 가지구 가던 촌사람들 백원, 50원, 80원… 이렇게 안 나오갔소?"

"감악소 밥이 구수하든 게구만, 상게두(여지껏) 법 무서운 줄 모르구 그따위 소릴 텡텡 할 적엔."

그러곤 초시네 며느리가 적삼 고름으로 이마의 땀을 씻으며 '후유'

숨을 내쉬고 응달진 부엌으로 들어가자 황 서방은,

"감악손 내가 웬 감악소엘 갔댔다구 아주마닌 자꾸 그럽니까? 내가 삼 년 전에 이 동리서 나가 타관으루 돌다 온 걸 가지구 괜히 저 놈이 어디 가 못된 짓 하다가 징역 살구 온 게라구 하는 소리들을 곧이 듣구 그러지만, 난 정말 억울하외다."

하며 자못 처량한 얼굴을 짓고 앞개울 쪽을 바라봤다.

그 시원한 개울물에서 멱을 감아본 지도 이제는 오랜 아이놈들의 웃통을 벗은 등어리는 알룩알룩 때가 굳은 채 숯검정처럼 타졌다. 마을 앞 도살장 있는 덴 어디서 몰려오는지 이따금 한 떼의 까마귀들이 날아 와선 원을 그리고 놀며 울어댔다.

늙은이들은 이게 흉년이 들고 또 천하의 나쁜 병들이 돌아 당겨 사람이 많이 상할 흉한 징조라고 걱정들을 하고 이럴 때마다 아이들은 퉤퉤 하며 그쪽을 향해 침들을 뱉었다.

방축 건너 산밑에 있는 웅덩이엔 물이 말라 고기들이 막 퍼덕퍼덕 뛰어나온다고 동리 아이들은 제가끔 삼태기니 물동이니 양철 대야들을 가지고 고기들을 잡으러 달려갔다.

해질녘에 돌아오는 초시네 집 손자 애들도 물통에다가 뱀장어니 가물치 큰 붕어들을 제법 많이 잡아 가지고 왔다. 아이들은 저녁상을 받자 붕어조림 같은 게 제법 많이 올랐을 줄 알고 제가끔 많이 먹으려고 눈들을 바쁘게 굴려봤으나 저이들에겐 붕어 조린 게 눈에 띌락 말락하게 귀퉁이에 조금 올라앉은 걸 보자 입들을 쑥 내밀고 골이 나서 저이 어머니를 봤다.

붕어조림이 조금밖에 오르지 못했을 수밖에 없는 것이 그날 저녁 때 마침 손님, 50리 밖 돌다리라는 데 사는 사둔 할머니가 다니러 온 때문이다.

저녁을 치우자 초시네 며느리는 친정어머니와 마루방에서 다림질을 시작하고 박 초시네는 멍석 편 데로 나갔다.

"이 집엔 사둔 할마이 왔다지."

모깃불 놓을 잡풀들을 한 아름 안고 나오는 초시네를 보자 뜯어먹던 강냉이 자루를 입에서 빼며 한 노인이 이렇게 묻자,

"네."

초시네 처는 모깃불을 사루느라고 연기일래 얼굴을 찡그리며 이렇게 대답하자,

"딸 보러 왔구만."

"말은 해 뭘 해."

"사둔 댁하구 통시깐(변소)은 멀수록 좋다는 거 아냐."

"그저 옛말 하나 그른 거 없죠."

초시 네는 모깃불에다 담배를 붙이느라고 잠깐 있더니 대통의 빻은 담배를 빡빡 빨면서,

"모레가 저 할머니 생일이라우. 두 노친네 살다 작년에 영감은 돌아갔죠. 그래 혼자 심난하겠길래 없으나 따나 집에 와 해자시라구 했더니 왔군요."

이 말이 끝나자 한 노인이 예사롭잖은 얼굴을 하며,

"아, 이 숭년(흉년)에 사둔 집까지 생일해 먹으러 오는 건 머요. 성질 두 다 각각야. 아, 아무 데서나 밥 한 술 먹었으면 될 거지, 아, 생일 안 차려 먹으면 뭐 생일날이 안 지나갑니까. 나 겉으문 온."

"늙었어두 그 할마니 일솜씨가 얌잔해서 이렇게 댕길러 오면 공밥 은 안 먹구 가요."

"콧대는 호미 짜루같이 꾸부러진 할마니가 아무튼 딸에 집엔 자주 두 와."

하자 초시네 처가 웃으며 말을 가로챈다.

"시방두 웃다가 내려왔지만 글쎄 우리 셋째 놈 읍에서 사온 모자 빤 걸 대렸는데 꼭 새로 사온 거 같이 대려 놨구만. 이건 뭐 잰내비(원숭 이)야. 잰내비."

그러자 사돈댁이란 늙은이가 부채를 들고 다리미 불을 붙이러 마당 으로 나왔기 때문에 멍석에 앉은 늙은이들은 얘기를 뚝 그쳤다.

그리곤 한 늙은이가 담배를 새로 붙여 가지고 빨며,

"비가 올라면 이 담배연기가 옆으로 나부끼는데 담배 부칠 적마다 내 가 이걸 명심해보건만 억년 요렇게 쪽 고추만 올라가지, 망할 놈의 꺼."

멍석에 앉은 할머니들 사이에선 한창 이렇듯 한 얘기들이 오고가는 데 별안간 왱그랑 댕그랑 하며 박 초시네 부엌에선 물통이 요란스럽 게 마당으로 굴러 나왔다.

그러자,

"찬물 먹게, 우물에 가 냉수 좀 길어오라는데 이렇게 괘 다릴 피울 게 뭐야."

하며 초시네 며느리가 그 거센 음성으로 떠들어대면서 막 달이 찬 배를 돼지처럼 뒤놀거리며 마당으로 나왔다.

"그럼, 저 숨이 칵칵 맥히는 데서 하루 종일 김 매구 온 놈더러 가만 안 찔르구 있으면서 냉수 먹게 물 길어 오라는 건 잘했구만, 또."

골이 잔뜩 나서 찌릉소 같은 눈을 하고 황 서방이 이렇게 투덜대자 며느리의 짚신 짝 같은 손은 널름 일꾼의 뺨을 철썩 하고 갈겼다.

황 서방은 손을 올려 아픈 뺨을 어루만지더니 별불같이 주먹을 쥐어 가지고 초시네 며느리의 그 보리 찍찍이 같은 배를 우악스럽게 쥐어질렀다.

그리곤,

"때리면 나두 때리지 뭐, 난 반편인 줄 아나. 얻어 맞구 가만히 있게."

이러자 얼굴에서 근육이 경련을 일으키며 앉아 있던 박 초시 처가 그 노했을 때 가져오는 예의 그 속사포 식의 외마디 소리로 내달았다.

"야야 야, 이 빌어먹든 놈의 새끼야, 일하기 싫으면 뒈지로마. 이 숭년에 밥이 썩어날까바 멕여두는 줄 아니, 손질은 네가 어따가 하니. 저 녀석이 미쳤나, 성했나?"

그러자 거기 앉았던 늙은이들 중에선,

"거 정 반편이로구나, 어떡허자구 배를 쥐어질를꼬, 거 과히 다치지 않았나 몰루갔다.”

한창 이렇게 와자지걸하는 판에 저녁을 먹고 갯가로 망둥이 사냥을 나갔던 초시네 아들이 초롱불을 들고 쩔레쩔레 들어왔다.

“왜들 그래, 왜 왜 응.”

“아 글쎄, 우물에 가 찬물 좀 길어 오라구 한다구 왼통 물통을 집어 던지구 내 밸 쥐어질르구 야단이웨다레.”

“뭐?”

아들은 다자고짜 황 서방 앞으로 바싹 다가섰다.

‘오늘은 천하 없어두 쥔네 아들한테 웅치뼈라두 부러지구 마는가 부다.’고 각오를 하고 황 서방이 의기가 질려서 서 있노라니까, 매 같은 눈을 굴리며 황 서방의 아래위를 훑어보던 초시네 아들은 별안간 고개를 벌떡 제치며,

“하하”

웃었다.

그는 황 서방의 변한 눈자위를 발견한 때문이었다.

그는 웃고 뒤로 물러서며 희색이 만면해서

“됐다, 됐어, 이젠 재 없이(틀림없이) 비 왔다. 황 서방이 지랄만 버르지면 사흘 안에 재 없이 비 오구야 마니께. 그저 제발 지랄만 버르저라. 그럼 된다, 돼.”

하고 하늘을 쳐다보며 젊은이들이 모인 면장 네 다락께로 향해 달려갔다.

그때야 황 서방은 설 저렸던 배추 살아나듯,

"치! 하는 수작 좀 보지, 지랄 버르는 건 뭐야. 지랄 버르는 건, 성한 사람더러 억년 순사넘은 낙지落第 국만 먹는 꼴에 제격하면 사람은 잘 치러 들지."

이렇게 중얼거리며 그는 황막黃幕으로 슬금슬금 올라가기 시작했다.

"저 녀석 또 술 처먹으러 가는 게군, 아마 면장 네 집에서 요새 일한 품값 타더니 그저 저건 아무 때구 인제 술루 망할 걸, 두구 보지."

초시네가 이러자 옆에 앉았던 노친네가,

"돈을 그래두 어디서 나는지 장창 취해 가지구 댕기두만."

"나한테 두 냥 줍소, 석 냥 줍소, 머리 깎았습네, 이래 가지군 가서 마시죠. 허지만 내가 어디 잘 주나요, 하니깐 밤이면 튀전판에두 딸아 댕기구 해선 술값 푼이나 벌죠. 허건만 평생 가야 우테 하나 해 입을 생각 안 합니다. 돈 몰 생각은 온 꿈에나 하는지."

"아 거야, 그럴 밖에. 여편네두 얻구 다 해야 그럴 재미두 나는 거지, 저게 무슨 재미루 그럴 나위가 있갔소."

"돈을 봐 놔야 여편네나 새나 살갔다구 들어오지, 저 저거한테 왔다가 이런 숭년에 굶어죽기 알맞다구."

"그러나 저러나 그놈 지랄 벌어진 걸루 내일은 비나 좀 제발 오셔줬으면."

"그랬으면 오죽이나 좋으리."

원래 황 서방은 아까 낮에 면장네 댁에서 품값을 탈 때부터 오늘 저녁엔 황막엘 가서 한 잔 하자고 잔뜩 별렀던 것이다.

그래서 저녁에 호박 지지니(지짐)를 해서 운두가 높게 꾹꾹 눌러 담은 조밥을 한 그릇 눈 쩍 잘라 세우자 바로 황막으로 해놓자고 한 것이…. 장명등의 등피燈皮를 닦아라, 또 남폿불마다 석유를 쳐놔라, 이리구러한 잔심부름이 끝날 줄을 모르는데 황 서방은 슬며시 골이 부쩍 나서 심술을 피웠던 것이다.

하지만 새장거리 황막으로 달리는 지금 그에게는 바로 전에 일어났던 일쯤 아무것도 아니었다. 술을 마신다는 기쁨이 쉽게 모든 것을 지워줄 수 있었다.

실상 아무 바램도 없고 또 별 무슨 수가 대체 있을 수 없는 그날들, 좁쌀알처럼 똑같은 하루하루에서 황 서방은 돈푼이나 보면 술을 마시는 것이 오직 그에게 허락된 하나의 기쁨이요, 다행이었다.

그는 머리에 동였던 땀과 때에 절은 싯누런 수건을 끌러 이마의 땀을 닦더니 허리춤에다 차곤 시원한 막걸리를 한잔 쭈욱 들이킬 좋은 생각에 입에선 저절로 침이 돌고 차츰차츰 걸음새는 빨라졌다.

황막엔 개 건너 사람들도 건너오고 해서 술꾼들이 그뜩 차 장히 흥청스러웠다.

"아주머니 나두 한 잔 주쇼."

"황서방, 오래간만이웨다레, 뭘루 하잡니까? 오늘은 어디 약주 좀 해볼까? 뭣하면 내 외상 올릴께다."

"막걸리 주쇼, 그냥."

그는 속 구구를 해보며 약주 담긴 동이를 서글프게 바라보았다.

그리고 마주치는 황막 색시의 시선을 피하느라고 황 서방은 고개를 꼬아 대수롭잖게 다른 쪽을 보며 술상 앞으로 다가섰다. 그리고는 술을 뜨는 색시를 슬금슬금 쳐다보다가 눈이 마주치면 몹시 열없어서 몸 둘 곳을 모르는 것이었다.

색시는 끼고 앉은 술항아리에다 쪽박을 넣어 쓰윽 한 번 휘두르더니 술 탕기湯器에다 철철 넘겨 담아 가지고 멋지게 항아릿전을 한번 툭 스치고 드는데 그 바람에 잔이 황 서방에게 건너왔을 때에는 막걸리는 반 탕기밖에 안 되었다.

술을 받아들자 그는 단숨에 쭈욱 들이켰다. 그리고 나서 입맛을 '짝' 다시며 바른 손을 올려 몽당비 같은 수염을 좌우로 헤쳐 쓸곤 수염 끝에 발린 술 방울들을 혀끝으로 알알이 다 핥아먹더니 젓가락을 집어 들고 안주상으로 호박 잎 위에 꼿꼿이 조려놓은 망둥이 조림을 하나 집어 입에다 통째 넣었다.

이렇게 하는 것을 몇 잔이나 먹었던지 알 맞춰 얼근해 가지고 그는 늘상 하는 버릇으로(실은 자식 있는 촌사람들에게서 본뜬 것이었으나) 마지막 안주는 땅콩으로 받아서 등거리 주머니에다 넣고 거나해서 황막을 나섰다.

황 서방의 취한 눈엔 황막 색시의 그림처럼 그 얼굴이 길바닥에 몇 이고 돋았다 사라졌다 했다.

이렇게 비틀거리며 내려오는 걸 보면 길가에서 놀던 아이놈들은 늘 하는 버릇으로 우- 와서 황 서방에게 매달려 손들을 벌렸다.

"나두 줘, 나두 나두."

손을 내미는 아이들에게 그는,

"자아, 옛다 먹어라. 이건 또 누구야. 오오, 인주네 막뚱이, 그래 너 두 주지, 그래 그래, 젤 많이 주마. 히히."

순식간에 주머니의 땅콩은 한 알 남지 않고 알뜰히 다 처분이 됐다.

주머니를 툭툭 쳐서 보이다 못해 잠뱅이 가랭이를 양쪽 손으로 흔들 며 털어 보이니까 웃통들을 벗은 아이들은 그제서야 떨어져 나갔다.

비틀거리며 그는 쥔네 집까지 내려와 가지곤 마당 한 귀퉁이에 깔려 있는 멍석 위에다 가누기 어려운 몸뚱이를 아무렇게나 던져 버렸다.

뉘 집에선가 싸리문에 단 쇠통이 뎅그렁 흔들리더니 개가 몹시 짖 어댄다. 개울가에 서 있는 버드나무 잎새들이 가만가만 나부끼는 데 따라 꼴낱가리에서 풀냄새가 훅 끼쳐 오고 어디선가 '까르륵'하고 배 암이란 놈이 개구리를 잡아 삼키는 소리가 들려왔다.

그는 멍석 위에가 큰 대자로 눕자 하늘을 살펴봤다.

"비 오시긴 또 글렀군."

하고 혼잣소리를 냈다.

황 서방은 괜히 심란스러워진다.

매번 술이 들어가면 그는 슬퍼지곤 했다. 나이 삼십이 넘도록 여편 네도 새끼도 없이 억년 남의 집 머슴살이에 진저리가 나고 생전 여편

네가 들여다주는 밥상을 한 번 퉁명스럽게 받아보지를 못하고, 그뿐이야. 내가 지금 곧 숨이 끊어진다 해도 저 윗동리 박 훈장 영감이 돌아갔을 때 그 할머니가 상여 뒷다리를 잡고 섧게 울 듯이 나는 어리친 개새끼 하나 눈물 내줄 게 없구나…. 하니 황 서방은 눈물이 핑 돌고 이어서 닭의똥 같은 눈물이 뚝 떨어졌다.

술을 먹은 다음 날 황 서방은 언제나 마찬가지로 일을 못하고 들어누워 있었다. 온종일 그는 박 초시의 처의 그 건욕을 귀에 빤히 들으면서 주인집 굴뚝 모퉁이에 가 죽은 듯이 너부러져 있었다.

"배때기도 안 곯을라. 이 밭고랑을 베구 죽을 놈 염체가 있지, 오늘 이 장날 바쁜 줄 번연히 알면서 엊저녁에 그 개지랄을 버르지면서 술을 처먹었어야 옳으냐. 날이 요렇게 땅땅 가물어서 내년엔 메밀 나깨두 못해 먹갔는데, 야야 야, 곰처럼 너부러지구 있는 꼴 정 뵈기 싫다. 어디루 나가 얻어먹든지 해라. 낫살이 먹으면 나어간다두만 이건 점점 쇠심줄처럼 질겨만 가구 쥔의 말이라군 들어먹어 줘야지. 이거야 어디 힘들어 늙은 년이 부려 먹갔니."

한바탕 이렇게 떠들더니 어디로 나가는 기색이 보이자 황 서방은 부시시 일어나 통시엘 갔다 와 두 다릴 일으켜 세우곤 손깍지를 끼고 앉아 장터에 왔다 갔다 하는 사람들을 한참 멀거니 내다보고 있더니 일어서서 황막께로 슬슬 올라가 버렸다.

황 서방이 거나해서 비틀거리며 내려온 것은 장이 거진 파장 때나 되었을 즈음이었다. 장꾼들이 많이 비인 거리에는 수건을 질끈 동여매고 금방 앞으로 쓰러질 듯이 걸어 내려오는 황가의 꼴은 누구 눈에나 쉽사리 띄어졌다.

손주를 등에다 업고 마당에 가 서 있던 박 초시네가 이걸 보자 마당 개울가에 늘어 선 버드나무가지를 하나 뚝 꺾어서 쥐더니 등에 업은 애를 한 손으로 받치곤 황 서방을 쫓아갔다.

"이 녀석이 날이 가물어 남들은 죽겠다 살겠다 세상이 콩 볶듯 하는데 넌 날마다 어디에 이렇게 좋은 세상이 있니, 오늘부터 박 초시네 집 문지방 밟지 말구 어디 나가라. 외상값은 윤동짓달에 받을려구 너 자꾸 외상술 주는 게구나. 낼 보리마당 질은 누구더러 하라구, 너 또 처먹었니? 꼴두 보기 싫다. 아주 멀리 가라. 이눔 왔단 봐라."

하고 다그치자 희미한 정신에도 주인을 힐끗 본 황 서방은 번개같이 황막께로 도로 뺑소니를 쳐 버리고 초시 처는 버드나무가지를 손에 든 채 마당에 가 떡 버티고 섰다.

이내 주인집으로 들어가지를 못한 그는 황막을 근거로 삼아 가지고 신작로로 오르락내리락 하며 도깨비같이 철철 댔다.

사람들이 길가에서 놀려대면 황서방은 어슨 척하고 점점 더 가경佳景으로 들어갔다.

초시네한테 혼나는 양을 좀 본다고 장난꾼과 젊은이들이 황 서방을 놀려 줘가며 아옹다옹 싸움을 하며 살살 꼬여 가지고 박 초시네 집 앞

으로 끌고 오면 실로 아슬아슬한 지경까지 와 가지고는 번번이 번개
같이 돌아서서 달아나는 것이었다.

"황 서방은 오늘은 별 수 없이 경치구 내쫓기는 판이다. 초시네 아
주머니가 단단히 벼르던데."

사람들이 이럴라치면,

"초시네 집 아니면 뭐 나 갈 데 없는 줄 아나?"

"어디 말해봐, 갈 데가 또 어딘가?"

"금점판으루 가겠다야 시."

"금점판에서 오래는 거 같구만, 아주."

"그렇잖아두 벌써부텀 점 하라 갈라댔서. 왜 그래."

"누구 사정 봐 못 갔구만."

"무서운 거 없다, 까진 놈의 꺼 이전 뎀벼라 뎀벼, 아모구."

"야, 황 서방 무서워졌는데."

하고 젊은이들이 깔깔 웃으면,

"황칠세(황칠성)가 이래 뵈두 황칠세가, 황칠세가."

이러고 한참 돌아가는데,

"저거 또 술 먹었구만,"

하고 지나가던 연잣간 김 서방이 한 마디 던지자 그를 붙잡고 황 서
방은 한바탕 주정을 폈다.

"이 자식아, 사람 업신여기지 마라, 너 그럼 재미적다. 괜히."

"이게 왜 이 모양이야."

하고 연잣간 김 서방이 뿌리쳤으나 좀체 떨어지지를 않았다.

"너 그럼 재미적다. 응, 괜히 이 황칠세 너 함부루 보지 마라. 괜히, 응. 황칠세가 이래 뵈두."

그는 금방 어느 편으로든지 쓰러질 것 같으면서도 용히 서서 배겼다.

이러며 거머리처럼 붙어서 안 떨어지는 것을 황막에서 술을 먹고 나오던 면장 네 달구지꾼이 이걸 뻐기고 들어 떼 놔주자 김 서방은,

"비두 안 올꺼 깡지랄 버릇지 마라. 새끼 못된 거 어디서."

하며 몸을 빼어 달아나자, 황 서방은 이번엔 달구지꾼한테로 달려들었다.

"야, 너 나하구 한키 해보자니, 건방진 거 어디서,"

"아니, 이게 왜 이래, 사면바리처럼 아무한테구 달려붙기야. 아니 요걸 그저."

그러더니 달구지꾼은 한 손으로 황 서방의 멱살을 잡아 낚아챘다.

황 서방은 그 큰 몸을 해 가지고 앙바틈한 달구지꾼의 손아귀에 매달려 올라가는 양은 실로 우스웠다.

사람들은 이걸 보자,

"와아."

하고들 웃어댔다.

자못 어떤 기대들을 하고 보고 있는데 달구지꾼은 이쯤 손힘만 보여 놓고는 그만 놓아 주었다.

황 서방은 다시 또 달려들려고는 하지 않으나 여전히 입은 살아서,

"뎀벼라, 뎀벼, 아무 놈이구."

하며 비틀거리구 신작로 아카시아나무 그늘에 매놓은 소의 뒷다리를 그만 질끈 밟았다. 그러자 소는 밟힌 다리를 한 번 들었다 놓으며 꼬리를 휙 쳤다. 그 바람에 황 서방의 뒷등어리를 갈겼다.

황 서방은 왜 이러느냐는 듯이 눈을 한 번 폐롭게 떠서 힐끗 돌아다보자 거기 서 있던 사람들 가운데서 누군가가,

"자, 이번엔 어디 소 하구 한 번 한 키 겨뤄 보지. 응, 황 서방이 이기면 장 변을 내서라두 내 쌀 한 섬 냈다. 자, 해 보지, 응."

하는 소리가 들렸다.

"이놈의 소가."

하고 황 서방은 사람들이 저를 둘러싸고 이렇게 떠들썩하는 것이 무척 장해서 만족한 웃음을 띠고 저를 둘러싸고 있는 사람들을 척 둘러보았다.

그때 마침 그 사람들 틈에 황막 색시가 나와 섰는 것을 그는 봤다.

황 서방은 으쓱 신바람이 났다.

그는 이번엔 다리를 한 번 번쩍 들어 소의 옆구리를 본때 있게 걷어 찼다.

한데 소를 차는 것이 빨랐을까, 말았을까….

거의 같은 순간 얼룩배기 칙소는 대가리를 한번 수굿 하더니 '흐왕' 하고 바람같이 달려들어 황 서방을 받아넘겼다.

이때 그는 그림같이 이쁜 황막 색시가 틀림없이 저를 보고,

"하 하."

웃는 것을 분명히 봤다.

황 서방은 넘어가며 만족한 듯이 히쭉 웃었다.

하나 웃던 얼굴은 쓰디쓴 표정으로 변하며 땅바닥에 내던져졌다. 성난 소가 재번 참 받아넘기는 판에 그는 순식간에 피투성이가 되어 너부러져 버렸다. 너부러진 채 그는 손을 나무 긁는 갈구리처럼 해 가지고 불이 확확 나는 땅바닥을 버적버적 긁더니 눈을 감은 채 그만 움직이질 않았다.

순간 온갖 것은 죽음과 함께 조용해졌다.

해질 무렵 황 서방의 시체는 거적이 덮여 아카시아 나무 아래 읍에서 나올 공의公醫를 기다리고 있는데 검은 구름장이 밀려들더니 하늘에선 참으로 오래간만에 보슬비가 내리기 시작했다.

사람들은 희색이 만면해 우정 비들을 맞고 나와 왔다 갔다 하며 동리엔 잔치나 든 것처럼 흥청거렸다.

—— 여성, 1940년 4월호

오산誤算이었다

이날도 나는 문학가동맹 회관에 나왔다. 날마다 나는 여기를 나오지 않고는 못 배겼다.

한밤에 집에 와서 총을 놓고 가고, 어떤 사람들은 와서 또 책을 온통 뒤집어놓고 가고, 인민의 피를 빨아먹는 자라고 규정을 내리고 간 뒤로부터는 이사를 온 뒤에 그렇게 마음에 들고 예쁘던 내 집이 구석구석 무서워만지는 것이었다.

그들의 손이 닿던 곳은 다 싫고 수돗가에 뚫린 총알 자국은 아침 세수를 할 적마다 나를 괴롭혔다.

나는 늘 멀거니 마루에 가 앉아서는 수돗가에서 부엌으로 드나드는 계집아이를 물끄러미 바라보곤 했다. 내가 이 집에서 괴뢰군에게 총을 맞아 죽는다면 이 애는 나를 어떻게 할 것인가? 이 어린것은 아무 역할도 하지를 못할 것 같았다.

쥐도 새도 모르게 나는 처참히 없어질 것이 아닌가?

"우리는 숱한 시체를 밟고 넘어온 사람이오. 우리 편이 얼마나 죽었는지 아우? 경찰 고문과 투옥으로 이십만이 죽었으니까 우리는 당신네들을 삼십만을 죽여야 하오. 당신들 하나쯤 죽이는 것은 아무것도 아니오. 한 방 빵 하면 그만이오."

나는 소름이 쳐졌다.

이 집이 난 싫다. 사방에서 빚을 내서 밤잠을 못 자가며 애를 써서 현금 팔십만 환을 만들어 가지고 알뜰히 산 이 집. 도배장이도 못 대고 계집아이를 데리고 내 손으로 문창호지와 도배를 한 이 집. 그래서 나는 누가 이 집에 얼씬을 할 세라고 했더니 M여사는 백합을 한아름 사가지고 와서.

"얘! 맨 하나만 들어옴 다 됐구나."

해서 내가,

"얼마나 애를 써가며 이 집을 장만했다고……. 내 손톱이 닳아지도록 장판에 도배를 손수 하고 가꾼 집엘 들어오긴 누가 감히 들어와, 무엇이 들어왔단 봐라."

했더니 M은,

"아유 저 악바리 좀 봐. 누가 지금 들어간대는 것 같구나. 저러니 누가 곁에가 설 수나 있어. 시집을 가야지 그럼 어떡허니."

했거니와 나팔꽃을 담장에다 올리면서 곱게 다듬던 이 집이 6·25를 당하자 이렇게 내게서 정을 떼 주는 것이었다.

나는 혼자 있다가 아무도 모르게 죽을 것만 같은 예감이 들고 또 이렇게 죽는 것은 무서웠다. 밤중에 총을 멘 사람들이 우르르 달려드는 것을 겪고 또 새벽 한 시에 가택 수색을 당하고, 낮에는 수차에 걸쳐 보위부 정보원들이 무시로 와서 불쾌하게 집을 뒤지고 간 뒤로는 대문만 흔들면 그저 가슴에서 방망이질을 하는 것이 싫었다. 그러다가 들어온 사람이 의외에도 반가운 친구인 경우에는 그야말로 복받은 날이지만, 대개는 덜 좋았다.

나는 죽어도 아는 사람들이 많은 데 가서 죽고 싶었다. 그뿐 아니라 잡혀가는 경우에도 내가 잡혀간 줄이라도 동지들이 알면 내 맘이 든든할 것 같다.

그래서 아무 능력도 없는 어린 계집아이와 마주앉아 불안 속에 묻혀 있기보다는 대한민국의 문인들이 많이 나와 있는 문학가동맹엘 나가서 앉아 있는 동안이 내게는 가장 마음이 든든한 시간이었다.

여기서 필해서 집으로 돌아가는 길은 언제나 여러 가지 생각으로 불안에 잠기는 것이 보통이었다. 집에 누가 나를 데리러 와 있지나 않을까? 내 세간을 모두 압수해 가지나 않았나? 대문을 열고 마당에 들어설 때마다 내 눈은 둥그레졌다.

아무 변동도 없는 것을 보면 마음이 놓여서 그제서야 배가 고파져 허리를 꾸부리고 들어서며,

"죽 다 됐니?"

하고 한줌이나 되는 몸을 마루에다 던지곤, 옷을 갈아입을 생각도

않고 나는 하늘을 쳐다본다.

하늘에는 M의 얼굴이 나타나고, 회복이의 다 죽어가는 얼굴이 나타나고 그 나폴레옹의 짓궂은 얼굴이 나타나는 것이었다. 그 나폴레옹은 지금 어디에 가서 숨어 있을까? 그보다 남방으로 갔는지? 나폴레옹을 생각할 때마다 나는 콧마루가 시큰해지곤 가슴이 막 쓰려왔다.

이런 모진 세월을 만날 줄 알았더면 나는 그에게 그처럼 냉대를 하지 않았어도 좋았을 것을……. 가슴 아프게 후회되는 일이 한두 가지가 아니었다.

이렇게 바람에도 돌에도 마음 붙일 데가 없이 숨 막힌 천지가 되고 보니 생각나는 것은 그 사람이었다. 친한 사람들이 하나라도 내 옆에 있으면 나는 이렇게 무섭지는 않을 것 같다.

여름 해는 길어서 일곱 시가 되도록 해는 제법 걸려 있어 나는 오래오래 하늘을 누워 쳐다볼 수가 있었다.

"어머니 일어나세요, 상 가져 왔에요."

계집아이 소리에 깜짝 놀라 얼른 돌아누우며 그 애가 못 보게 뺨에 흘러내린 눈물을 닦았다.

이 사람들의 정치 밑에서 운다는 사실은 그들이 말하는 하나의 반동일 것이 분명하다. 나는 이 계집아이도 요새 와선 은근히 무서워졌다. 게 패 우G.P.U(비밀경찰)들이 이 계집아이를 매수한 흔적이 있었기 때문이다. 이 약아빠진 소녀는 언제 무슨 소리를 해서 나를 없애 버릴지도 모르는 일이다. 내가 정들이며 자식 모양 기르던 이 어린것에게도 속을 주어서는 안 되게 하는 것이 그들의 정치였다.

　문학가동맹 회관에 나가 앉았으려니까 수부受付의 사람이 이층으로
올라와서 나를 누가 찾는다고 한다.
　'누굴까?'
　하는 생각과 함께 왜 그다지 반갑지가 않다.
　"올려 보내 주시죠."
　수부 사람은 내려가 물어볼 것도 없이 자기 맘대로, 안 올라온다고
내려오라고 한다. 하는 수 없이 나는 그 사람을 따라 공연히 불안함에
눌리며 층층대로 내려갔다.
　"누구예요, 날 찾아온 사람이……."
　아무리 보아도 나를 찾아온 사람이 보이지 않아 이렇게 물었더니
그는 천연스럽게 수부 테이블 앞에 선 총을 둘러멘 괴뢰군을 턱으로
가리켰다.
　"노천명이요?"
　"네, 어디서 오셨죠?"
　나는 실상 아무 죄도 없는데 괴뢰군이 찾기만 하면 괜히 가슴이 설
레고 다리가 후들후들 떨리는 것이었다.
　"날 따라 좀 갑시다."
　"어디로요, 누가 오라고 그래요."
　"그건 모르겠소."

"내가 저 위층에서 뭘 하다 왔는데, 그럼 일을 치우고 내려오겠습니다."

"당신 올라가서 아무한테도 무슨 말을 해서는 안 돼요."

"네."

이층으로 올라가 누구를 보고 군인이 와서 날 데려간다고 알려놓고 가려고 휘둘휘둘 둘러보니 어느 사이에 그 괴뢰군이 내 뒤를 따라와 바로 뒤에 서 있다.

아무 말도 못하고 나는 발길을 돌이켜 그를 따라 내려갔다. 괴뢰군은 총대를 한번 추켜서 다시 고쳐 메더니 한 손으로 총대 밑을 받치며 성큼성큼 앞을 섰다.

"어디로 가나요?"

"모르겠소, 나도."

뒤를 따라가는 내 머리에는 천 가지 생각이 급행열차처럼 지나갔다.

의외로 그는 얼마 안 가서 우뚝 서더니 나를 앞세우며 들어가자고 한다. 보니 남전회관 삼층까지 올라가서 그는 맨 끝 방으로 데리고 들어갔다. 넓은 마루방에는 많은 사람들이 손을 묶인 채 쪼그라뜨리고, 고개를 뚝 떨어뜨리고들 있다.

한복을 입은 사람에, 와이셔츠만 입은 사람에 모두 노름꾼처럼 차린 사람들이 언제 잡혀왔는지, 해골같이들 무섭게 되어 가지고 있었다. 저편 머리맡에 큰 테이블이 있는데 거기다 나를 데려다 주었다.

이 찰나였다. 나는 아, 살았다 싶었다. 바로 테이블을 놓고 버티고 앉은 사람이 친구 K의 의붓동생이었다.

"아이 오래간만입니다. 여기 계시군요."

엉망 중에 나는 이렇게 말이 나와 버렸다.

"우리가 이렇게 들어올 걸 꿈두 못 꾸었죠. 그래 당신네 '낙랑클럽' 들은 다 어디 있소?"

"왜 내가 낙랑클럽인가요, 나는 그 회원이 아닌데요."

"아니면 무쵸 대사와 춤을 추었을까."

피스톨을 테이블 위에다 탁 내던지며 K의 동생의 눈은 번쩍했다.

"이렇게 한담, 내가 참 섭섭한데요."

"섭섭해? 섭섭하다면 그럼 조치를 다르게 하지. ○○이 하구 짜구서 너 김수임이를 어떡했지?"

이것은 청천의 벼락이었다. 김수임이가 그렇게 어마어마한 일을 저질렀다는 것은 K가 우리 경찰에게 체포가 되어 가지고 대한민국 군경 취조를 받을 때 나와 ○○이가 친구로서 증인 심문을 당하는 자리에서 비로소 알고 간담이 서늘해졌던 것이었다.

"그건 당치두 않은 말이에요, 난 ○○이와 함께 수임이를 어떻게든 목숨이라도 구할 수가 없을까 애를 썼는데, 그래서 나는 경찰에 의심까지 받았었는데요."

"잔소리 말아!"

어느 틈에 그의 구둣발이 정강이를 걷어찬다.

이런 사람에게 나는 아무 변명도 하고 싶지 않았다. 나는 입을 꼭 다물어 버렸다.

"○○이가 김수임이한테서 팔백 달러를 융통해 준다고 비밀히 받아 가졌다는데, ○○이 지금 어디 있냐?"

"어디 있는지 내가 어떻게 알아요?"

"너희 집에 차를 타구 날마다 드나들었다는데 그래?"

"그렇지만 ○○이두 이번에만은 정말 우정에서 우러나온 성의를 다 했다구 보는데."

"우정? 이년아 무슨 소릴 하구 있어. ○○이가 트렁크를 열구 제 손 으로 달러를 꺼내간 사실을 다 알어, 증거가 다 나왔어."

그는 한구석에 매어놓았던 셰퍼드를 내 앞에다 내놓았다.

승냥이 같은 이 개는 금방 나를 물어뗄 듯이 왕왕 짖어댔다.

게 패 우는 무슨 청년 하나를 또 데려다 이 사람 앞에 세워놓는다.

"이놈이 최운하 조카랍니다. 의용군 나온 걸 잡아 가지고 왔습니 다."

기름 뺀지르르한 얼굴을 하고 김수임의 동생은 잡혀온 청년을 훑어 보더니,

"너 최운하 어디 있는지 언제까지 알겠니?"

"집엘 잘 다니지 않았어요. 이번에 가 봤더니 행방불명이 되구 없는 데 찾아보겠습니다."

"너 의용군 나간대지?"

천연스럽게 그는 이 청년에게 물었다.

"네, 의용군으로 나가겠습니다."

"누가 나가라구 그러던?"

"제가 자원했습니다."

"너 대한민국서 뭘 해먹었니?"

"아무것도 안 했습니다."

"거짓말 말아, 이 자식아! 최운하 조카면 형사 부스러기라두 해먹었을 거 아니냐. 그래 의용군으로 나갈 테야?"

"네, 나가겠습니다. 목숨을 내놓구 일하겠습니다."

"이 자식아, 너 같은 놈을 누가 쓴대니?"

이 젊은이를 잡아온 게 패 우를 보고 수임이 동생은,

"이따위 자식은 왜 잡아와, 바빠 죽겠는데, 나가 이 자식아!"

어디선가 전화가 온다. 나는 그냥 내버려두고 자기 일만 자꾸 보는 것이었다.

"난 문학가동맹엘 나가봐야겠는데요."

"문학가동맹에서 당신 하는 일이 뭐요?"

"유세대에도 나가고 시도 쓰고……."

"시를 써? 그래 무슨 시를 썼어?"

"아직 시를 써간 것은 없지만……."

"대한민국의 시인도 인민공화국에서는 시를 못 쓴다는 것을 알아야지, 언제든지 내가 부를 때 와야지, 안 오는 때는 도피자로 인정하고 총살할 테니까. 너희 집을 포위하구 있다는 걸 알아야 된다."

"그럼 나 지금 회관으로 가도 좋습니까?"

그는 대꾸도 안 하고 나한테는 벌써 관심이 떠나 창가에 있는 여러 대의 손재봉틀을 옮겨놓고 있었다.

"그럼 가겠어요."

듣거나 말거나 나는 인사를 하고, 뒤에서 뭐가 자구 잡아당기는 것 같은 것을 억지로, 억지로 뒤로 자빠질 뻔하면서 그 방을 나섰다. 그 방을 나서니 기운이 좀 난다. 나는 얼른얼른 층층대를 내려서 염라대왕 같은 남전회관에서 휭 하니 벗어나와 쏜살같이 문학가동맹으로 향했다.

회관으로 들어가는 어귀에서 나는 이북에서 온 종군작가 김사량을 만났다. 사량은 이전 일제 시대에 북지로 같이 문화사절단으로 파견이 되어 북경이며 남경을 같이 여행했던 일도 있고, 또 그는 착한 사람같이 당시 인산이 됐던 사람이라 나는 사량을 붙들고 내 어려운 사정을 대강 얘기한 후 나를 좀 보장해 달라고 애원했다. 정말 나는 이때 애원을 했다.

지리한 듯이 내 이야기를 듣고 나더니 사량은 조금도 부드럽지 않고 지극히 냉정한 태도로,

"글쎄 난 거기 대해선 어쩔 수 없는데요. 나는 지금 바빠서 올라가봐야겠어요."

뒤도 안 돌아다보고 서기국이 있는 데로 그는 정말 바쁘게 올라가버렸다. 사량의 군복한 뒷모양을 나는 멍하니 보고 섰다가 문맹 사무

실로 들어섰다.

"어디 갔었어?"

○○여사가 묻는다.

"○○이가 김수임이의 막대한 돈을 먹은 사실이 발각됐다지?"

"난 몰라."

내가 끌려갔었다는 사실을 이때에 누가 아는 것은 재미가 적다. 되도록이면 반동으로 몰리지 않는 척해야만 된다. 자꾸 반동으로 주목을 받는 눈치만 있고 보면 벌써 사람들의 기색은 달라지고 그때부터는 말 한 마디라도 붙여서 하는 판이다.

협력을 하면 괜찮으리라는 예상 – 좌익 사람들 중에 내가 잘 아는 사람들이 있으니까 구원을 받으리라는 기대 – 모든 것은 나의 큰 오산이었다.

이날 저녁 집으로 돌아온 나는 여러 가지로 궁리를 했다. 아무래도 남쪽을 향해 빠져 나가는 수밖엔 없다. 용기를 내어 모든 것을 단념했다. 내 손때가 묻은 책들도, 자개농도, 옷들도 다 버리기로 했다.

계집아이가 잠든 틈을 타서 나는 보퉁이를 하나 싸놓고 통행금지 시간이 지나기를 기다리며 이날 밤을 꼬빡 나는 새웠다.

계집아이가 일어나서는 안 된다.

시간이 되자 나는 보퉁이를 이고 가만히 집을 나섰다. 대문을 잠근 것 모양 가지런히 지쳐두면서 나는 눈물이 핑 돌았다. 정처 없이 나서는 길이다. 가다가 총에 맞아 죽을지, 굶어 죽을지, 잡혀 올지 모르는 일이다.

이 집도 나와는 영영 작별인 것이다. 골목을 빠져 돌아서는 모퉁이에서 나는 다시 한 번 고개를 돌려 우리 집을 바라보았다. 대문은 내가 방금 지친 채 그대로 되었다. 괜히 눈물이 앞을 가린다.

이렇게 지체할 때가 아니다. 일 분 일 초가 내게는 시방 위험을 품고 있는 것이다. 나는 홱 발길을 돌이켜 큰길로 나섰다.

날이 새면 여기저기서 산울림 같은, 따다닥따다닥 하는 따발총 소리가 난다.

새벽 공기는 대한민국 때나 다름없이 맑다. 허름하게 차린 여인네가 하나 벌써 길에 보인다. 부대 자루를 개켜서 옆에 끼고 눈물을 비비며 바쁘게 걷는다.

"어디까지 가시지요?"

"마포 강으로 쌀 좀 받으러 갑니다."

"저 하구 그럼 같이 가세요."

이 여인과 같이 나는 보퉁이를 푹 눌러 이고 새벽잠에 묻힌 고달픈 서울을 서쪽으로 빠져 나갔다.

—— 1952년

외로운 사람들

생각하기에 달렸다고는 하지만 현실을 현실 이상으로 생각할 수 없는 일이다. 남편이 죽고 난 뒤로 선이는 자기의 여자로서의 일생은 해가 진 것이라고 생각하고 있다.

6.25 사변은 실로 사람들에게 무서운 뒤집힘을 가져다주었다지만, 선이에게는 자기가 제일 큰 폭탄을 맞은 것 같았다. 원남동 판잣집에서 자기가 없는 것 없이 다 갖추어 놓았던 그 살림살이에 손 하나 못 대보고 옷 입은 채 쫓겨나올 때 그는 꿈만 같았다.

사람을 잃어버렸는데 물건이 다 뭐냐 사실 상 가재도구며 재물들은 남편이 죽어 넘어진 시체가 늘 자기의 눈을 가로막아 주는 것이었다..

(자식도 없는 간단한 몸인데 나도 따라 죽자.)

이렇게 몇 번 마음도 정해 보았으나 사는 것보다는 죽는다는 일이 훨씬 어려웠다. 괴뢰군 놈들이 와서 그 큼직한 일을 눈앞에서 저지를

때 아닌 게 아니라 선이는 정말이지 하나도 무서움 없이,

"나도 내다 죽여요. 그가 한 일은 나도 같이 한 일이에요."

이렇게 부르짖어도 보았던 것이다.

산 사람은 어떻게든지 살아나간다더니 그야말로 어떻게 살아나왔다. 6.25 사변이 나기 한 해 전 버드나무 가지에 파아랗게 물이 올랐던 어느 날, 남편과 같이 고아원에 가서 얻어온 은주가 벌써 다섯 살이 됐다.

마음을 줄 곳이 통째로 무너져 버린 선이에게 와서 은주라는 이 조그만 계집아이는 찬바람이 쌩쌩 도는 냉방 같은 선이의 생활에 오직 하나의 따뜻한 화롯불이었다.

울며 몇 달을 지내고 나니 살 길이 막연해졌다.

산목숨은 또 살아야 한다고 손에 끼었던 다이아 반지를 팔아 돈을 만들어 가지고 선이는 서울로 올라 다니며 장사를 시작했던 것이다. 그래도 동정해 주는 사람들은 관리의 부인들이었다. 살아 있는 남편의 친구들은 모두 아침 해가 오르듯이 자꾸자꾸 올라가 높이들 되었다.

"그이도 있었더면 지금쯤은 중직重職에 있게 되었을 걸."

바깥양반끼리도 친구요, 안에서도 각별히 친한 국장 집에 가서 하루를 자고 오던 그날 밤은 말할 수 없이 선이의 마음이 설레었다. 언제 보나 다정한 국장 댁은 기어이 자고 가라고 붙들었다.

"형님, 걱정 말아요. 요새 우리 한 방에서 안 자요. 나랑 여기서 주무시자우요. 그인 웃방에서 어머니랑 같이 자는 걸요."

밤이 느지막해서다. 자는 줄 알았던 국장 댁이 벌떡 일어나 이불을 걷어차며 방문을 열고 나갔다. 아내는 그 많은 차 소리에서도 남편의 차 소리를 가려들을 줄 아는 법이다.

아니나 다를까, 중문 미는 소리가 비그륵 나더니 창학 아버지의 말소리로 왁자지껄해진다.

"김창학 씨 계십니까? 창학 씨, 예! 김창학 씨 안 계십니까?"

얼근히 취한 음성이다. 자는 애는 왜 깨우고 야단이냐고 국장 댁의 달래는 소리가 들려왔다.

"아! 몰라 봤습니다. 영순 씨로군요. 영순 씨. 최영순 씨! 악수 좀 합시다. 오래간만인데요. 아하하 아하하."

"악순 무슨 악수야. 난 악수할 줄 몰라요. 어서 들어가 주무세요. 늦게 들어와 염치가 없으니깐, 왠."

아래 방에서 선이는 이불을 머리까지 푹 올려 쓰고 좍좍 울었다. 자기 남편도 술을 좋아하였다. 자기도 이런 밤을 가진 적이 있었다. 무슨 상처가 건드려진 것처럼 참기가 어려웠다. 남편의 음성이 금방 귓가에서 도는 것 같다. 허무한 일이다.

다음 날 선이는 예정대로 서울을 향해 예정대로 떠났다. 부산을 왔다갈 때마다 은주는 엄마를 몹시 그리웠던 것처럼 맞았다. 선이 친정어머니께서 뚱한 선이보다도 오히려 곰상스럽게 더 잘 해 주는 데도 웬일인지 엄마를 더 좋아했다. 부산서 간 차가 늦게 돼서, 밤중에 집엘 들어가 "은주야!"하고 부를라치면, 첫 마디에 언제나 "엄마!"하고 대답을 한다. 그리고 "함머니, 엄마 왔다. 엄마."하면서 맞받아 나오는 것이었다.

차디차게 얼었던 선이의 가슴은 오직 이 순간 화롯불을 들여온 방 안 모양 따뜻이 녹여지는 것이었다.

"엄마는 참 이뻐. 난 엄마가 젤 이뻐. 이젠 부산 가지 말아. 엄마, 나하고 여기서 살자."

"그래."

"돈은 인제 아버지가 많이 벌어온다. 그치? 엄마."

"그럼."

우리 아버지는 어딜 가서 이렇게 안 오느냐고 자꾸 물어 대서, 아버지는 미국엘 갔다고 해두었던 것이다. 흔히 어린아이들에게 깃드리하고 안 좋아해서 말을 했던 일이 있거니와 뚱한 그 속에도 은주는 정말 사랑했다.

아마 은주라는 딸아이가 없었던들 선이는 어떻게 살았을까 – 하는 것이 생각되는 문제다. 친구네 집에서 놀다가도 집이라고 기어들어가게 되는 이유는 이 은주가 있기 때문이다.

오밤중에 들어가도 "엄마!"하고 선이 어머니는 잠이 들어 몰라도 이것은 뛰어나오는 것이 여간 신통한 일이 아니었다. 이럴 때마다 선이의 마음은 은주에게 통째로 빼앗겨졌다.

외로운 사람은 하찮은 조그만 친절에도 과대한 평가를 해서 받아들이는 것이다. 과부가 된 뒤로 선이는 확실히 '히스테리칼'한 데가 생겼다. 저녁밥을 먹다가 그는 사소한 일로 친정어머니의 마음을 불편하게 해드렸던 것이다.

"아니 무슨 묵을 어머니는 이렇게 무쳤수. 이거 어디 먹겠나. 괜히 묵만 버렸군."

하고 젓가락으로 접시를 조금 건드린다는 것이 어떻게 삐끗해가지고 묵 접시가 방바닥으로 떨어져 버렸다. 그러자 어머니는 들었던 숟가락을 집어 내던지시며 벌떡 일어나시면서,

"원 늙은 어미가 해다 주는 음식을 잔소리를 하다니, 내가 밥이 없어 네 집엘 왔느냐. 옷이 없어 왔느냐. 은월도銀月刀 같은 아들 며느리가 다 있는 데도 버리고 젊은 것이 혼자 있는 것이 불쌍해서 같이 와 있어 주니까 무슨 하인 꾸짖듯 하네."

하시더니 밖으로 와락 나가 버렸다.

딴은 그랬다. 선이는 제가 백 번 천 번 잘못한 노릇이다. 그러나 엎질러놓은 물이다. 선이는 말없이 은주를 바라보았다. 그 애도 어리둥절 난처해하는 표정이다. 그러는 동안에 시간은 5분, 10분 자꾸 달아났다. 밖에선 바람 소리가 지동 치듯 난다. 갑자기 날씨가 저녁부터 또 추워지는 모양이다. 넋 없이 앉았던 선이는 어머니를 나가 찾아볼 모양으로 일어섰다.

"내 가서 할머니 찾아 가지고 올께, 넌 집에 있어."

했더니 저도 간다고 은주도 나선다.

어린 것을 둘러업고 선이는 대문 밖을 나섰다. 위로 가셨는지 아래로 가셨는지 방향을 알 수가 없다. 아래로 한참 내려가 보다가 다시 또 위로 올라가보다가 갈팡질팡하는 판에 저녁 바람은 점점 더 차게 불어친다.

"은주야, 이거 야단났구나. 할머니 못 찾겠다."

하니까 어린 것은 등에가 업혀 가지고는,

"그러게 엄마 인제 그러지 말아. 할머니 도망갔다."

하더니 지동 치듯 바람이 불어대는 속에

"할머니! 할머니!"

하고 얼어붙는 소리로 밤공기를 뚫으며 한참 애를 쓰고 찾았으나 못 찾고 집으로 돌아왔을 때는 할머니는 집에 들어와 있었다. 찾으러 나갔었다는 말을 하지 않고 선이가 뚱하니 들어와 앉았는데 은주가 엄마 등에서 내리더니 할머니한테로 가서,

"우리 지금 할머니 찾으러 나갔었다."

하더니 또 엄마한테로 와서는 나직한 목소리로,

"이젠 그러지 말아. 할머니 그럼 또 도망간다."

하며 제법 어른같이 눈짓을 한다.

이런 일이 있은 지 한 주일이 지났을까말까 한 어느 날 오후였다. 금을 사러 가려고 돈 뭉치를 꺼내는데 돈이 조금 흩어져서 다시 세어

보니 백 환 짜리가 분명히 한 장 없어졌다. 몇 번 세어서 놓은 것이 한 장 빠졌을 리가 만무하다. 은주더러 누가 들어왔었느냐고 물어보려고 하니까 은주도 또 보이지가 않는다. 밖에 나가 찾아보니 떡장수한테 가 서서 떡을 한 개 받아들고 딱 한 입을 딱 비운 판이었다.

선이는 깜짝 놀랐다,

"은주, 너 이게 웬일이냐?"

하고 가서 손목을 덜컥 쥐니까 은주는 얼굴이 하얘지며 떡을 쥔 손이 발발 떨렸다. 거지나 길에서 먹지 그러는 게 아니라고 일러주어서 집으로 데리고 와서 선이는 회초리를 해서 생전 처음으로 이 어린 것의 종아리를 때려 주었다. 은주는 종아리를 걷고는 울면서,

"내가 떡이 먹고 싶어서 그랬다. 떡이 먹고 싶었다."

하며 다시는 안 그러겠다고 비는 것이었다.

선이는 회초리를 든 채 두 다리를 뻗고 통곡을 했다.

"이 몹쓸 년이 장사에만 골몰해 가지고 어린 것을 떡 한 개 안 해 주어서 얼마나 저게 먹고 싶었으면…."

넋두리를 하면서 선이는 한참 울었다. 할머니도 은주의 종아리를 쓰다듬어 주시며 자꾸 옷고름으로 눈을 닦았다.

3월의 한낮을 지난 햇볕이 세 사람을 포근히 감싸 주었다.

—— 1937년

"선생님 이게 마지막 시간이에요."

교육 책(교과서)을 가지고 들어오는 담임선생을 보자마자 열 칠 팔세 되는 여학생들은 책상 위에 엎드리며 센티멘털해졌다. 뒤에 앉은 큰 학생들 중에는 쿨쩍쿨쩍 우는 사람까지 생겼다.

"한 시간이 또 있는데 마지막은 왜? 자, 어서 책들이나 꺼내. 마지막 시간이면 더 잘 배워야지. 무슨 소리야."

"선생님, 우리들은 졸업하고 어디로 가요?"

이것은 그들의 심금의 맨 첫 줄을 울리고 나오는 질문이었다.

벌써 공부하기는 제사諸事가 그른 눈치를 챈 홍 선생은 책을 가지고 직원실로 내려가더니 얼마 안 되어 시험지를 가지고 빙그레 웃으며 들어왔다.

"자 – 공부하기 싫으면 그럼 시험들이나 치러."

하며 종이를 나누어주니 지금까지 엎드려 있던 학생들은 벌떼같이 야단들을 치기 시작했다.

"시험이 지금 무슨 시험이에요. 안 봐요."

"안 봐요. 선생님 우리 시험 안 봐요."

그런가고 보면 또 어떤 학생은 이런 말을 했다.

"봐요 봐. 모르면 백지요. 받으면 알공인데 뭘 그래."

평소에는 얌전하고 입도 잘 떼지 않던 그들에게서 이런 말이 나오는 것이 요새는 예사였다.

졸업을 앞둔 여학교 3학기의 기분이란 이중 삼중의 저기압에 눌려서 갈라보기 어려운 교란 상태에 빠졌다. 그들의 요새의 기분은 마치 태엽이 풀린 시계와 같았다.

졸업생의 반 이상이 가정으로 들어갈 사람들인데다가 상급학교를 간다면 그저 좋게만 생각하고 부러워하는 동시에 가정의 한 주부가 된다는 것이 그 얼마나 귀중한 것인지를 인식하지 못하는 그들이매 결혼생활에 들어간다면 도살장에 들어가는 소나 돼지를 연상하는 그들이었다. 따라서 그들의 일상에서 다시 못 찾을 그 학창시대란 즐겁고 꿈 많은 이 시절과 영이별을 한다는 것을 생각할 때 감수성이 심한 그들의 마음은 센티할 대로 센티해졌던 것이다.

종이를 다 나눠주고 나서 홍 선생은 다시 말을 했다.

"종이를 다 받았지. 그러면 처음에 이름들을 잊지 말고 다 쓰고 나

서 그 다음에 졸업 후 지망들을 쓰는데 가정이면 가정이라 쓰고 상급
上級이면 무슨 학교라는 것까지 써야 해. 알았지?"

"졸업 후 지망없는 사람은 어떻게 해요?"

"선생님. 부엌대학도 써요?"

"그럼, 훌륭한 대학인데 왜 안 써."

이렇게 제각기 한 마디씩 떠들어대는 판인데도 아까부터 입 한 번
떼지 않고 운동장만 내다보고 있는 원희의 큼직한 눈에는 무거운 우
수가 잠겨 있었다.

'K는 졸업하면 어디로 유학을 가려나? 경성제대로나 갔으면 자주
만날 수도 있고 또 방학 때도 같이 왔다 갔다 할 수 있을 텐데 일본으
로나 가게 되면 어떻게 하나?'

멀리 떨어지는 것이 섭섭하기도 하려니와 그보다도 원희의 마음에
위험성을 주는 것은 K가 일본을 가게 되면 자기보다 나은 많은 여자
들이 그의 앞에 나타날 것이었다.

'물론 K가 나를 진정으로 사랑만 한다면야 여자가 백이 나선댔자
염려가 없지만은 과연 K는 나를 진정으로 사랑하고 있는 것일까?'

원희가 K의 사랑을 흔들어 보는 순간 원희에게는 요새 전도부인傳
道夫人이 어머니와 수군거리는 M시市의 최 장로의 아들을 머릿속에
그려 보았다.

이때에 앞의 학생이 시험지를 원희에게 넘겨주는 바람에 원희의 공
상은 깨지고 말았다.

연필을 꺼내서 종이 위에다가 '4년 죽조竹組 이원희李元姬' 여기까지 쓰고 그는 연필을 잠깐 멈추었다. 한참 무엇을 생각하더니 지망이라고 쓴 아래에다가 '×××여자 전문학교'라고 썼다. 다시 무엇을 생각했는지 그는 이것을 박박 찢고 '경성연습과京城演習科'라고 썼다.

이렇게 그는 지웠다가는 다시 쓰고 썼다가는 다시 지웠다. 결국 선생에게 들여가는 데는 '연습과'라고 씌어 있었다.

희망에 타는 여학교 시대. 더구나 여학교에서도 재주덩이 원희. 노래 잘 하는 원희. 얼굴 예쁜 원희!

이런 찬사를 독차지하고 있는 원희에게 어찌 이 향학열의 화염이 남만 못했으랴. 더구나 추천으로 가서 교비로 시켜 준다는 동경 ××여자전문학교! 그 중에서도 문과에 보내 주겠다는 모교의 호의를 그인들 왜 거절하고 싶었으랴. 그러나 원희를 얽어매는 환경의 힘은 이것들보다 더욱 컸던 것이다.

자기만 못한 아이들도 돈이 있기 때문에 날마다 모여 앉으면 동경을 가느니 경도京都를 가느니 떠들어댈 적마다 원희는 이 원수의 돈을 여러 번 저주해 보았다. 모교의 교비로 시켜 주겠다는 전문학교도 가지를 못하고 연습과를 하고 속히 나와서 돈을 벌어야만 한다는 자기의 사정을 생각할 때마다 원희의 어린 가슴은 메어지는 것 같았다.

'왜, 아버지는 젊었을 때 자식들 생각도 않고 그다지 난봉을 피워서 오늘의 요 꼴을 만들어 놓았을까.'

원희의 어머니가 매일같이 하는 연설의 한 구절을 원희는 흉내 내

보았다. 그러나 그 순간 사랑방 구석에서 혼자 매일같이 골패 짝만 뒤 쳤다 젖혔다 하며 어머니에게 구박을 받고 있는 무능한 이 변호사의 측은한 양이 머릿속에 떠오를 때 원희는 불현듯이 이런 생각을 지워 버렸다. 그리고 호화로운 반우班友들과 자기 사이에 이쪽 칸을 막아 버리고 저쪽 칸에 갈 것을 원희는 단념해 버리곤 하였다. 동시에 무능 한 아버지를 위해서, 어린 동생들을 위해서 나는 얼른 연습과를 마쳐 야만 한다는 결심을 마음에 새기는 것이었다.

이날도 원희는 학교에서 시험 준비로 과외를 하고 늦게야 집에 돌 아오게 되었다. 요새의 원희를 괴롭히는 점액성의 번민은 상급上級을 가고 안 가는 단순한 문제들이 아니었다. 그보다도 하루바삐 해결만 요구하는 동시에 원희의 머리를 천 근이나 만 근이나 무겁게 짓누르 는 것은 집에만 들어서면 어머니가 성사成事를 삼는 최 장로의 아들과 의 혼담이었다.

여기서 원희는 더욱 절박한 십자로에 서서 방황하지 않을 수 없었다.

자기의 모든 이상을 축소시켜 가지고나마 연습과에 가는 데는 그 래도 학창생활을 연장시킨다는 기쁨이 있고, 또 남을 가르치고 지도 한다는 포부와 사명을 느낄 때 마음 한구석에는 광명한 곳이 남아 있 었다.

그러나 결혼이란 그것은 다만 암흑면만을 가진 것 같았다. M시에 산다는 천석군이 최장로 영감의 아들과 대면을 해보았을 제, 얼굴이 새하얗고 호리호리하고 날씬한 키, 눈웃음을 치는 가느스름한 눈초리라든지 건달 비슷하게 내던지는 말투며, 열에 한 가지 원희가 좋아하는 씩씩한 남자다운 맛이, 그리고 위엄성 있고 점잖은 맛이라고는 찾을 데가 없었다.

해뜩해뜩 하는 모양이 여자깨나 후렸겠고 돈푼이나 날려 버리게 생겨먹었다.

이렇게 최 장로의 아들과의 결혼이 불안스러운 것도 사실이지만 어린 원희에게는 소위 결혼생활에 들어간다는 대체적 의미 아래서 시집을 간다는 것이 싫었으며 이것은 어둠과 낙망을 갖다주는 것이었다.

또 그뿐만 아니라 4학년 3학기부터 알게 된 당지當地 C읍 제일고보 졸업반의 K라는 남학생을 알게 된 것이 최 장로의 결혼을 원희로 하여금 싫게 만드는 것이었다.

K를 알게 된 것은 원희의 아랫반 학생인 강삼순이란 K의 고모를 사에 넣어 가지고 K가 원희에게 전한 몇 장의 편지를 시초로 여지껏 강삼순이를 사이에 넣고 교제를 계속하고 있는 것이었다. 물론 교제를 한댔자 Y여학교의 모범생이란 거추장스러운 원희가 걸머진 간판과 또 엄격한 양쪽 부모들인 관계상 그런 점도 있었겠지만 시골서 자라난 순진한 그들은 아직껏 강삼순이를 배달부로 놓지 않고는 한 번도 직접 편지 한 장을 해 보지 못했다. 그러나 첫사랑의 두 정열은 일어나게 되었던 것이다.

'K는 경성제대. 나는 연습과! 그러면 좁은 이 읍을 떠나 넓은 경성

에서 마음대로 만날 수도 있지 않은가?'

이렇게 미래 타향의 자유스러운 생활을 그릴 때 원희는 적지 않은 기쁨을 느끼지 않을 수 없었다. 그러나 요새 바짝 머리를 들고 일어나는 최장로의 아들 때문에 그의 아름답던 꿈은 흔들리기 시작했다. 이리하여 원희의 머리는 이중 삼중으로 얽히고설킨 감정에 끝없이 우울했다.

학교에서 돌아온 그는 책보를 놓은 채 끌러볼 생각도 않고 책꽂이에 꽂힌 책들을 정신없이 멀거니 보고 앉았더니 갑자기 책상 위에 엎드려 울기 시작했다. 그 동안 모이고 모였던 설움이 한데 북받쳤다.

이때 끝의 동생 용수가

"누나, 밥 먹으래!"

하며 방문을 열었다.

원희는 얼굴을 들어 외면하며 끌어 잡아 다니는 목소리를 기침으로 가다듬고 겨우 대답을 하고 나서 용수가 문을 닫자 실로 각을 뜨다시피 한 거울을 들어 흩어진 앞머리를 걷어 올리며 새빨개진 눈을 손으로 만지작거리고 자기를 기다리고 기도도 안 하고 있을 그들을 생각하고 얼른 큰방으로 건너갔다.

아랫목에 상을 받은 이 변호사는 움푹 들어간 눈을 들어 눈이 새빨개져서 들어오는 원희를 쳐다보고는 이어서 자기 부인의 눈치를 슬금슬금 보더니 안심한 듯이 시선을 밥상 위에 고정시켰다. 원희가 자리에 앉자 이 변호사 댁은 눈을 스르르 감더니 시원스런 음성으로 유창

하게 기도를 인도했다.

김이 모락모락 나는 밥그릇 위에 일동은 고개를 숙였다. 내 집 식구 뿐만이 아니라 전 인류에게 복을 비는 이 변호사 댁의 긴 기도는 그칠 줄 모르고 나가다가 '예수의 공로 의지하여 비나이다.' 하니 일동은 반 가운 듯이 '아멘'을 크게 찾고 수저 들을 들었다.

반찬이 입에 맞지 않아서 저무두룩 젓가락만 옮기고 있는 이 변호 사를 위시하여 다섯이나 되는 올망졸망한 어린 동생들이 아무 소리도 않고 밥술을 듬뿍 듬뿍 떠서 입을 한껏 벌리고 집어넣을 때 대견하면 서도 일변 원희는 두 어깨가 뿌듯한 맏자식의 책임감에 눌리지 않을 수 없었다.

사실 원희의 아버지는 이름이 좋아서 변호사지, 지금은 폐인이나 다름없었다. 6,7년 전만 하더라도 C읍에서 한다하는 세풍勢風이 있었 지만 지금은 큰 사건들은 모두 신진들에게로 가 버리고 잘해야 1년에 한 번 사건이 들어오거나 말거나 하니 법복을 거풍擧風시키기에도 부 족할 지경이다. 지금의 그가 한 푼의 돈을 만져 보기는커녕 이 집 생활 을 유지해나가는 것은 오로지 이 변호사 댁의 힘이었다.

한참 바람에 남편이 난봉을 피우고 돌아다닐 때 홧김에 예수나 믿 겠다고 이 변호사 댁이 교회에 나간 것이 그럭저럭 벌써 4,5년이 되고, 지금의 그는 C읍 교회에서 가장 독실한 시자요, 진실한 일꾼으로 첫 손에 꼽힐 뿐만 아니라 집사의 직분까지 맡았으며 전도부인 이상 활 동하는 그에게 지금의 몇 10원이라는 돈까지 교회에서 다달이 나오게 되었다.

　이 변호사는 이렇게 부인이 입품과 다리품을 팔아서 얻어오는 것으로 얻어먹고 살자니 자연 구박이 막심했다. 젊어서 난봉 피운 것을 정가로 이 변호사 댁은 날마다 한 차례씩 이 변호사에게 오금을 박아가며 자식들이 있는 앞에서라도 기탄없이 연설을 퍼붓는 것이었다. 오장육부를 긁어대며 꼬집어 훑는 것 같은 연설이 쏟아질 때마다 이 변호사는 한 마디의 말대꾸도 하지를 못하는 것이었다. 그 대신 이럴 때마다 푹 들어간 양 눈에 경련을 일으키며 입에 물었던 담뱃대를 빼놓고 담배합 뚜껑만 들었다 놓았다 할 뿐이었다. 이런 때는 친구의 집 사랑에라도 좀 가서 눈에 보이지 않았으면 나으련만 주제를 이 꼴 해 가지고 친구의 집 사랑에 가서 술잔이나 얻어먹는다는 것은 곧 죽어도 이 변호사의 칼날같이 시퍼런 자존심과 교만이 허락지 않았다.

　온 종일 하는 일이라고는 목침이나 베고 누워서 옛날의 생활을 추억하지 않으면 골패 짝이나 엎었다 젖혔다 하는 것으로 몰락의 그날 그날을 보내고 있을 뿐이다. 그래서 그는 처에게 떳떳한 남편 노릇을 못하는 동시에 자식들에게도 위엄성 있는 아버지 노릇을 못하였다.

　이 변호사 댁은 하루 종일 밖에서 전도를 하고 돌아와서는 으레 아이들에게도 아버지 대신 훈계를 했다. 원희의 귀에는 어머니의 설교 소리가 배고 젖었다. 원희는 어머니를 제일로 알아 왔었다.

　그러나 차차로 나이가 먹어 오자 예배당에 가면 사랑과 평활 부르짖으며 인간들의 죄를 용서해 달라고 울며불며 눈물까지 흘리고 기도를 하는 어머니가 집에만 들어오면 찬송가 주머니를 마루 위에 놓기도 전에 말없이 불쌍히 있는 무능한 아버지의 비위를 긁어내리며 할경을 하고 깎아내는 그 말과 행동이 같지 않은 어머니의 종교생활에 적지 않은 반감을 갖는 동시에 일체 종교라는 것을 그는 증오의 눈으로 보게 되었다.

이럭저럭 하는 동안에 원희의 졸업식도 끝이 나고 최장로의 아들과의 혼인은 급속도로 진행되어 원희의 혼인날도 앞에 두 밤을 격隔했을 뿐이다. 원희는 안타까운 마음에 걷잡을 수 없었다. K에게로 시집을 가겠다고 하고 싶었으나 K는 첫째 크리스천이 아니고 돈이 최씨네만 못하다는 것, K의 집 인품이 좋지 못하다는 것들로 어머니가 반대할 것을 잘 아는 원희는 효과가 없을 이 말은 애여 삼켜 버리고 말았던 것이다.

그러나 K를 단념한다는 것은 너무 그에게 절망을 던져 주었다. 이런 때 원희는 K가 만나고 싶었다. 그러나 지금의 자기로서는 K의 고모 강삼순이를 만날 길이 없다.

이리저리 생각한 끝에 원희는 K에게 붓을 들었다. 며칠 전에 자기를 단념해 달라고 마지막 편지를 한 그로서는 지금 새삼스럽게 구구한 소리를 하는 것이 퍽 비루스러웠다. 더구나 K가 욕설을 해서 보낸 요 전의 편지를 생각할 때 원희는 적지 않은 모욕을 느끼지 않을 수 없었다.

그러나 참사랑이란 '오래 참고 교만하지 아니하며 자기의 이익을 구하지 않으며 성내지 않으며 악한 것을 기억하지 않는다'는 고린도전서 13장에 있는 그 구절은 어려서부터 읽어서 머리에 배인 성경 구절이 이 순간 원희에게는 새삼스럽게 진리성을 가지고 나타났다.

원희는 잉크병을 열고 철필에다 잉크를 푹 찍었다.

'K씨! 당신은 나를 요령 없는 여자라고 하겠지요. 과연 요사이 원희의 마음은 내 자신으로도 알 수가 있습니다. 전일 내가 단념해 달라고 했을 제 당신이 나라는 여자를 얼마나 오해했다는 것은 삼순이가 그저께 가져온 당신의 편지를 읽고 잘 알았습니다.

더러운 계집애라고요?

아! 당신까지 이 원희를 몰라줄 제 나는 몸 둘 곳을 모르겠습니다. 이 괴로운 감정을 어디에다가…. 하여튼 K씨! 나는 당신을 뵈어야만 하겠습니다. 꼭 뵈어야 하겠어요. 오늘 3일 예배에 어머니가 예배당에 가신 뒤 저녁 8시 정각에 청년운동장에서 기다리겠습니다. 그럼, 꼭 와주시기 바랍니다.

즉일卽日 원 올림.'

편지를 써 가지고 용수의 호주머니에 꼭 넣어주며 얼른 갖다 붙이고 오라고 했다.

저녁 8시를 맞추어 원희는 약속한 장소를 갔다. 누가 볼까 해서 어둠 속에 몸을 감추어 가며 기다렸으나 9시가 되어도 K는 그림자도 보이지 않았다. 하는 수 없이 원희는 낙망의 무거운 발길을 기운 없이 집으로 옮겼다.

오늘 밤 원희의 마음은 끝없이 서러웠다. 그리고 노여웠다. 날이 밝으면 내일이 혼인날이다.

원희는 처녀로서의 마지막인 이 밤을 울어 새고 싶었다. 감개무량한 이날 밤 원희는 일기책을 꺼내어서 붉은 잉크로 울며불며 길게 일기를 써놓고 자리에 누웠다. 그러나 잠은 오지 않고 하염없는 눈물만이 베개를 적실뿐이었다.

이때 같은 시간에 같은 공간에서 일직선을 그어본다면 동일한 선상에서 안타깝게 전전반측輾轉反側잠을 못 이루는 피육적皮肉的 운명의 K가 있다는 것을 원희가 어찌 알 수가 있었으랴.

K 역시 이날 밤 원희를 만나고 싶었다. 그래서 오늘 밤 8시 어머니가 교회에 가신 틈을 타서 극장 뒷골목에서 좀 만나 달라고 편지를 띄우고 거기서 밤 10시까지 기다렸으나 원희는 와 주질 않았으니 K는 그 편지가 원의 어머니에게 가로챘다는 것을 알 길이 없었다. 그리고 K는 그날 하루 종일 마음이 상해서 밥도 굶어가며 동무 집으로 길로 헤매고 집에는 들어가지도 않았으므로 원희의 편지를 받았을 리가 없다.

아무리 잠을 들려 하였으나 바늘 끝처럼 날카로워진 원희의 신경에는 무딘 잠이 걸리지를 않았다. 부산하던 숙수방熟手房의 칼질도 이제는 끝이 나고 부엌에서 들락날락 하던 여인들의 왁자지껄하던 소리도 이슥한 이 밤중에는 다 고요해졌다. 원희는 이불을 젖히고 일어났다. 사방은 고요한데 사랑방에서 이따금 이 변호사의 쿨룩거리는 기침소리가 들려올 뿐이다. 원희는 방이 좁도록 들어찬 농장籠欌들을 다시 한 번 쳐다보았다.

원희는 머리를 무겁게 내리누르는 힘에 못 이겨 다시 마음을 돌이켜 보려고 했으나 마음은 점점 요란할 뿐이다. 그는 더 참을 수가 없었다. 기어코 원희는 어머니를 찾았다.

"왜 그러니. 응?"

하며 이 변호사 댁은 눈이 휘둥그레져서 건너왔다.

"어머니, 나… 난 시집 가기 싫어."

"뭐? 그게 무슨 어린애 같은 소리냐?"

이 변호사 댁은 원희의 뒤에 산같이 둘러싸인 번쩍거리는 자개장롱들이며 천장을 뚫을 듯이 쌓여 있는 울긋불긋한 비단 이부자리들을 다시 한 번 쳐다보았다.

원희는 어머니 앞에 푹 엎드러져 어깨를 들먹거리며 울기 시작하였다.

"어머니, 나…난 정말 가기 싫어. 어떻게 해. 응. 어머니…."

원희의 울음소리는 점점 높아갔다. 언제나 말 잘 하기로 유명한 원희의 어머니도 이 엄숙한 순간에만은 한 마디의 말이 없었다. 딸의 머리를 쓰다듬으며 말없이 앉았던 이 변호사 댁의 눈에서는 닭의 알 같은 눈물이 그가 눈을 꿈뻑할 때마다 뚝뚝 떨어졌다.

한참동안 침묵이 계속된 후 이 변호사 댁은 자기네 집 체면을 보아서라도 소문이 난 지금은 이 혼인을 해야만 된다는 것을 딸에게 울며 애걸했다.

이리하여 원희는 오로지 부모의 체면을 보유하기 위하여 마음에도 없는 혼인을 하지 않으면 안 되게 되었던 것이다.

Y여고의 수재요 C읍의 미인인 원희였으매 결혼 후 얼마 동안은 최 장로의 아들에게 만족을 줄 수가 있었다. 그러나 1년이 채 못 되어 원희는 벌써 기름 엉킨 느끼한 고기 덩어리로밖에는 더 보이지 않았다. 돈 있고 미남인 그는 헌 물이 된 원희를 배척하는 나머지 새 생활을 찾기 위하여 음악을 공부합네 하고 일본으로 간 후 원희에게 '나는 너와 안 살 테니 너 갈대로 가라'는 뜻의 편지를 준 후로는 일자―字 소식이 없었다. 그래도 원희는 세상의 소문이 무서워 부모의 체면을 위해서 남편도 없는 시집살이를 모든 것을 참아가며 살아 왔다.

최씨 집의 가증스러운 가풍에 시달림과 압박을 받고 나서 허전한 빈 방에 홀로 누워 눈물을 흘린 적도 한 두 번이 아니었다. 이럴 때마다 원희의 머리에 떠오르는 것은 단지 K의 환영뿐이었다. 잠 안 오는 긴긴 밤을 바느질 하던 손을 멈추고 자기 자신을 해부해 보니 너무나 어리석었던 자기 자신을 원망도 해 보았지만 자기가 마음의 고통을 받아가며 어려운 난관을 극복 못한 허영심을 만족시켜 준다는 것은 도저히 참을 일도 아니요, 막연한 시부모 봉양도 아니었다.

날이 갈수록 원희의 마음 한편 구석엔 하루바삐 인형생활에서 벗어나려고 했다. 사람을 학대하고 돈만 아는 그들의 꼴을 더 참고 볼 수가 없었다.

한 번은 여섯 살 먹은 사월이란 종 계집애가 저보다 큰 오지항아리로 물을 긷다가 대대로 내려오던 그것을 깨뜨렸다고 해서 시뻘건 인두를 빼 가지고 원희의 시어머니는 사월이의 그 어린 뺨을 철컥 붙여서 그의 살이 인두에 철썩 묻어나는 것을 본 후로 원희의 마음은 최씨네 집에서 정이 딱 떨어지고 말았다.

그 후 원희는 이 인형생활을 떨치고 나와 모교의 주선으로 S촌 보통학교에서 교편을 잡게 되었다.

S촌에 온 후로 원희의 정신생활은 일변하였다. 일찍이 맛보지 못한 빛나는 생활, 사람다운 생활이었다.

여기서 비로소 그는 현실을 똑바로 볼 수 있었다.

아침 일찍이 괭이를 메고 들로 나가는 농부들을 볼 때 원희는 제 마음에 고민이란 고갱이를 빼어 버리고 겸손하게 그들을 대하지 않을 수 없었다. 따라서 S촌 인구의 8할을 차지하고 있는 농부들에게 원희는 상당한 호감을 사고 환영을 받았다. 그러나 기름진 배때기를 내밀고 담뱃대를 물고 다니는 소위 S촌의 지주층들을 볼 때 원희는 머리가 숙여지지 않고 고분고분히 말이 나가지를 않았다.

그의 눈에 뜨이는 것이 모두 새로운 의미를 가지고 재인식되었다.

어린 학생들의 누리누리 하고 비틀린 얼굴을 볼 때마다 추수 때면 나락을 가지고 소작인들과 싸움 싸움하는 시아버지가 새삼스럽게 미웠다.

직원회에서 월사금 못내는 애들을 정학시키자는 교장의 제의에 원희는 혼자서 핏대를 올려 반대했다. 그러나 다수가결로 정학을 시키게 될 때 원희는 제 월급봉투를 털어서 이것을 대납해주지 않고는 견딜 수 없었다.

이런 일을 여러 번 거듭하자 교장은 원희를 불러서 그 행실은 좋지만 다른 교원들에게 좋지 못한 영향을 준다는 의미로 충고를 하더니 나중에는 원희를 책망까지 하였다. 그러나 원희의 생활을 남들이야 무어라고 하든 자신은 여기서 기쁨을 느끼지 않을 수 없었다.

사실 S촌에서 다수多數한 농민들에게 원희가 환영을 받고 있는 것이 사실임에도 불구하고 호감을 사지 못한 소수의 배뚱뚱이들의 세력은 그 결과에 있어서 우수했다.

그래서 무능한 농군들에게 받는 환성은 미미해지고 배뚱뚱이들의 악평이 S촌을 싸고돌게 되었으니 건방지고 뻣뻣한 이 선생, 시집 안 살고 온 년, 말괄량이 사회주의자…, 이런 것들이 원희의 별명이 되어 버렸다.

마침내 원희는 교장에게 동리 소문이 나빠서 교원으로서 신성한 자격을 잃었다고 해서 그 전부터 직원회에서 수차 충돌한 것을 비롯하여 아이들의 월사금을 대납한다는 말로 원희에게 악감을 가지고 이상한 눈으로 그를 감시하던 교장은 마침내 원희에게 권고사직을 시키고 야 말았다.

원희는 그 자리에서 사직원을 써 내놓고 하숙으로 돌아왔다. 세상이 자기 마음을 몰라주고 악평을 받을 때 원희의 마음은 말할 수 없이 서운하고 아팠다.

첫 겨울의 약간 쌀쌀한 바람에 머리칼을 나부끼며 논두렁 좁은 길을 걷고 있는 자기의 외로운 그림자를 생각할 때 그는 고달픈 영혼이 아늑히 쉴 곳이 그리웠다. 그러나 걸음을 재촉해서 들어선 곳은 쓸쓸한 하숙이다. 월급을 받는다고 했자 아이들 도와주기에 방 치장 하나 해놓을 여유가 없었다. 그러나 이 생활이 원희에게는 남 보기에 허울 좋은 번쩍거리는 체경體鏡 의걸이들을 놓고 사는 탈 쓴 그 생활보다 얼마나 값있고 흥이 나는 것인지 몰랐다.

저녁을 먹은 후 원희는 짐을 싸기 시작했다. S촌에 더 있기가 싫었다. 부담을 내놓고 책들을 집어넣을 제 스크랩북이 희끗 들쳐지며 운동복을 입고 정구를 하는 Y교 시대의 원희의 사진이 보였다. 원희는 옛날 그리운 마음에 그것을 다시 집어 들고 한 장 두 장 헤쳐 보았다. B 대장조大將組로 출전했을 때의 사진을 비롯하여 그가 졸업할 때 '교문을 나서는 재원才媛'이란 제목 아래 신문에 났던 것들이었다.

음전하게 머리를 땋고 박은 사진이 파리한 지금의 그와 너무나 다른 사람이었다. 겉모양보다도 그들은 속사람이 다를 것이다. 결혼 전과 결혼 후의 그의 생활은 너무도 딴 세상이었다. 4년이란 세월의 강을 사이에 둔 저 언덕과 이 언덕은 너무나 달랐다.

원희는 신문기사를 띄엄띄엄 읽어 보았다.

'방금 교문을 나서려는 이원희 양은 ××모교 창립 이래 처음 보는 수재로 재덕을 겸비했으며… 노래 잘하는 이양! 얼굴 예쁜 이양, 정구 잘하는 이양!'

한껏 경기구輕氣球를 타고 올라가는 자기 자신이 간지러워 더 읽기가 싫었다.

Y교 시대의 소위 모범생이란 자기의 생활에 적지 않은 증오를 느끼는 동시에 불쾌하기 끝이 없었다. 4년 전 그 옛날의 추억의 더듬 길을 더듬어 볼 때 원희의 눈에는 차디찬 눈물이 흘러내렸다. 그러나 이것은 그 시절이 그리워 나는 것이 아니라 후회의 눈물이었다. 세상이 지어준 상자 속에 들어앉아 양심대로 살지를 못할 때 세상은 자기를 추켜 주었다. 그러나 탈을 벗어 버리고 적나라히 살려고 할 때 세상은 자기를 침 뱉고 조소함을 볼 때 원희에게 비춘 세상은 너무나 사특했다.

다음 날 원희는 새벽차를 타고 읍을 향하여 S촌을 떠났다. 3년 동안의 S촌의 생활 그것은 원희의 생의 기록에서 빼지 못할 중요한 것이었다. S촌 아랫마을 밖 우물가에 선 버드나무들이 마지막으로 해끗 나부끼고는 기차는 이제는 아주 S촌을 떠나고 말았다. 차창을 열고 멀어지는 S촌을 바라보던 그는 차창 가에 흩어지는 연기를 넋을 잃고

보았다.

꿈틀거리며 연기는 무엇을 그릴 것처럼 애를 쓰다가는 결국에 가서 아무 형상도 만들지 못하고 소리 없이 사라지는 것이었다. 깊은 명상에 잠겼던 원희는 역부의 외치는 소리에 깜짝 놀라 짐을 갖고 차에서 내렸다.

C읍에 온 원희의 생활은 우울하기 그지없었다. 며칠이 안 되어서 C읍 바닥에는 원희가 S촌에서 품행이 나빠서 쫓겨났다는 소문이 쫙 퍼지게 되자 고개를 들지 못하고 풀 없이 다니는 어머니를 볼 때 원희의 마음은 말할 수 없이 괴로웠다. 그리고 밤마다 울면서 원희를 위해 기도를 드리는 양이라든지 또 원희를 보고

"너를 이렇게 만든 것이 꼭 이 어미의 잘못이다. 네가 그렇게 싫다는 시집을 내가 왜 보냈던고?"

하며 가슴을 치는 것은 차마 볼 수가 없었다. 더구나 원희가 자포자기해서 약한 행동을 취할 것을 두려워서 저녁이면 꼭 원희를 데리고 자며 밤에 변소를 잠깐 가더라도 "원희야"하고 소동을 일으키는 어머니를 볼 때 원희는 친정에 더 있을 수가 없었다.

그가 친정에 와서 며칠이 안 된 어느 날 저녁 원희의 집에는 K의 고모 삼순이가 찾아 왔다. 그래서 원희는 삼순에게서 최후로 만나자던 그날 밤 K역시 그랬다는 것이며 원희가 K를 야속하다고 하듯이 K 역

시 원희를 야속하다고 하며 그는 아직도 원희를 잊지 못하고 있다는 것이다. 그 후 K는 경성제대 법문과에 가 있다는 것으로 원희를 잃은 후의 K는 여지없이 타락의 길을 밟고 있다는 사실을 모두 듣게 되었다. 지극히 작은 두 사람의 오해가 그 결과에 있어서 얼마나 컸었다는 것을 원희는 다시 한 번 느끼는 동시에 K에 대한 자신의 책임감을 느끼지 않을 수 없었다.

'연모하던 K! 얌전하던 그가… 어떻게… 아니다. 이것은 오로지 원희라는 한 여성 때문이다. 모든 죄는 나에게 있지 않은가. 그는 씩씩하게 나아가야만 할 이 땅의 일꾼이다. 나는 그를 구해 주어야만 할 의무가 있는 동시에 그를 구할 사람은 오직 나뿐이다. 내가 어떠한 희생을 해서라도 나는 산송장이 되어서 그를 옛날의 실하던 K로 만들어 주어야만 한다.'

다음 날, 원희는 삼순이에게 K의 서울 주소를 물어 가지고 저녁차로 경성으로 향했다.

서울을 처음 온 그는 숭삼동崇三洞이 어디 가 붙었는지를 알 길이 없었다. 여관집 주인에게 창경원을 지나서 동소문 가는 데라는 말을 듣고 숭삼동을 찾으러 나섰다. 찾기 어렵거든 복덕방에서 물어 보라는 주인의 코치를 따라서 원희는 숭삼동 ×××번지를 의외로 손쉽게 찾을 수 있었다.

마침 K는 없었다. 제대로 돌아오려면 5시만 되면 오겠지만 근본이 밤늦게 10시나 되어서 들어오기도 하고 자고도 들어오고 하니 언제 들어올지 대중을 잡을 수 없다는 것이 주인의 말이었다.

원희는 K가 있다는 방문을 열어 보았다. 책상 위에는 들기름 병이 마개를 빼놓은 채로 있고 석경石鏡과 빗이 책상 위에 너저분하게 널려 있는 것으로 보아 그 방 주인의 생활을 충분히 엿볼 수 있었다.

원희는 방 안으로 들어와서 책상 위에다가 자기가 왔다 갔다는 간단한 쪽지를 써놓고 나오다가 방안을 말갛게 치워 주고 나왔다.

그리고 저녁을 먹고 원희는 다시 숭삼동을 찾아 왔다. K는 아직 들어오지 않았다. 대문 소리 나기만 눈이 까맣게 기다리며 원희가 안타깝게 기다리고 있으려니 저녁 8시나 되어서 대문 소리가 요란스럽게 나더니 저벅거리는 구두소리가 이쪽을 향해 들려왔다.

"손님이 아까부터 와서 기다리시는데 어디를 갔다 이제 오시우."

하는 주인 여편네 소리에 그는 방문을 화닥닥 열어 젖혔다.

그 순간 K는 미닫이를 손으로 잡은 채 움직일 줄을 몰랐다. 그는 머리가 어디에 부딪친 사람처럼 한참동안 멍하니 서 있더니 방으로 들어왔다. 두 사람 사이에는 여전히 무거운 침묵이 계속되었다.

오래간만에 보는 K는 과연 몰라보게 변했다. 제법 미덥고 튼튼해 보이는 사나이가 되었다.

"웬일이에요?"

"당신 좀 뵈려고 왔어요."

"지금 나를 보아서 무엇해요?"

이 말은 원희에게 너무나 여러 가지의 의미를 포함한 것으로 들렸다. 이 말을 듣는 순간 원희는 여지껏 참고 있었던 울음이 탁 터져 버렸다. 체면을 잃는 것도 아무것도 생각할 여지가 없었다. 그리고 자기가 맛본 그 쓰라림과 아픈 마음을 하소하고 풀어놓을 곳을 이제야 바로 찾았다는 듯이 그는 어린애처럼 울지 않을 수가 없었다. 원희의 들먹거리는 어깨를 보고 있는 그의 눈에도 눈물이 반짝이고 있었다.

이날 밤 그들은 쌓이고 쌓였던 회포를 풀 수가 있었다. 여기서 비로소 K 자기가 원희를 오해했다는 것이며 원희의 정체를 똑바로 인식하게 되었다. 밤 12시나 되어 원희가 돌아간 후 그는 일찍이 소리를 잃었던 자기 심금心琴의 어느 줄의 기운 찬 진동을 느낄 수 있었다.

하루 이틀 원희와 접촉하고 그와 말을 주고받는 가운데에서 그는 완연히 타락되었던 그 생활이 변하게 되었다. 원희의 정체를 알게 되는 순간 그는 참사람, 옛날의 그가 될 수 있었던 것이다. 그는 진실성을 가지고 신인간이 되어 감을 자기 자신으로도 넉넉히 느낄 수 있었다.

그는 원희가 자기 생활에서 없으면 안 될 사람같이 생각되었다. 한번 시집을 갔다는 사실에 그의 뜨거운 참사랑에는 하등의 거리낌이 있을 수 없었다. 그는 마침내 원희에게 옛사랑을 회복시키는 동시에 자기와 결혼하자고 애걸의 긴 편지를 주게 되었다.

그러나 여기에 있어서 원희의 냉정한 의지는 그의 정情을 이기고 올라섰다. 이 편지를 받고 원희는 그 밤을 울고 샜다.

그는 감정을 이기기 어려웠다.

'아- 그와의 옛사랑을 새로 살린다? 이 얼마나 신이 있다면 축복을 내려줄 일이냐? 그러나… 그러나… 안 된다. 안돼.'

원희는 밤새도록 반 미친 사람모양으로 의지와 감정의 두 충동에 시달릴 대로 시달렸다. 그와 스위트홈을 이룬다는 것이 이 얼마나 원희의 소원하던 일이었던가? 그러나 이 순간의 원희는 이 감정을 이긴다는 것이 여간 어려운 싸움이 아니었다. 자기네와 옛사랑을 살리고 그와 일생을 동거하며 제 몸이 으스러지도록 K를 위해서 모든 것을 바치고 싶었다.

그러나 먼동이 트는 새벽녘에 원희는 흩어진 머리를 핀으로 걷어 얹고 일어나서 울며 울며 다음과 같은 편지를 썼다.

'어제는 실례 많이 했지요.

오늘 주신 편지는 잘 읽었습니다. 그리고 진정으로 감사했나이다.

당신에게서 괴로움의 씨를 빼 주자던 것이 나의 본의였건만 지금의 당신이 나라는 존재 때문에 괴로워하는 것을 볼 때 이 원희의 마음은 말할 수 없이 아픕니다.

그러나 지금의 이 원희는 당신의 배우자로서는 벌써 자격을 상실한 깨진 진주입니다. 그보다도 당신의 배우자로서의 이 원희는 단념하십시오. 난들 왜… 그러나 앞날의 당신이 출세하는 데 있어서 원희와의 결혼이 이놈의 사회에서는 당신의 앞길에 장애가 될 것을 이 원희는 잘 알고 있습니다. 이 원희가 당신을 진정으로 사랑하기 때문에 나는 쓴웃음을 짓고 이 자리를 사양하지 않으면 안 된다는 것을 알아주신다면 당신은 나를 단념해 주실 줄 압니다.

원희는 지금 당신의 인생의 친구가 되렵니다. 그리고 당신을 위함이라면 어디까지나 산송장이 되어가면서라도 당신의 행복을 위하여 모든 것을 희생하겠습니다.

K씨! 사랑이란 인생생활의 가장 중요한 한 부분입니다. 그러나 인생의 전부는 아니라는 것을 아시지요. 그리고 당신은 그 추억의 페이지에서 〈원희의 첫사랑〉이란 오식誤植을 영원히 불살라 주십시오.

그럼, 당신의 앞날의 행복과 광명을 빌며….

2월 16일

당신의 친구 원희 올림

—— 중앙, 1934년 12월호

하숙

1. 방을 찾아서

저녁상을 물리고 난 선옥은 두 달이나 넘어 살아온 방을 새삼스레 둘러보았다. 깨끗한 천정이며 푸른 커튼이 부드럽게 내려 있는 들창과 종이빛이 조금 바랬을 뿐 여름내 빈대 한 마리를 터치지 않고 정하게 아껴온 하얀 벽의 도배지를 다시금 둘러보는 것이다.

객지 생활이라 하숙에서 하숙으로 옮겨 다니는 동안 모르는 사이에 선옥은 지나치게 영리해졌다.

그래서 새 하숙을 정하는 첫날부터 이 집을 떠날 날이 올 것을 예상하고 방 치장도 하고 싶어 하질 않을 뿐더러 애초부터 방에다 정을 들이지 않으리라고 의식적으로 노력까지 하는 것이었지만 하루가 가고 이틀이 지나는 동안에는 별수없이 필요한 곳에 못을 박고 벽을 재가며 사진틀을 모양내서 걸고 색깔을 가려서 커튼을 해 치지 않고는 배기지 못하는 선옥이었다.

그가 하숙을 세 번째 옮길 때까지도 번번이

'이번에는 여기 오래오래 있으리라.'

하는 결심을 했다. 그러나 결국에 가서는 피치 못할 사정으로 또 떠나야만 하게 되는 것이다.

삼 년 동안이나 객지로 굴러다니는 동안 그의 신경은 닳아질 대로 닳아져서 뾰죽하다 못해 지금에는 끄트러기도 없이 닳아져서 무뎌 버리고 말았다.

그뿐 아니라 지금의 선옥은 객지 생활에 묘한 순응술까지를 배워 가졌다.

"여보, 어디 이것을 봐서 입겠으면 손질해 입우."

이렇게 해서 주인보다도 행랑어멈이나 안잠자기들 하고 친하고 행랑아범 같은 이에게도 술을 사 먹으라는 둥 또는 담배를 사먹으라고 돈푼을 쥐어주었다. 물론 이런 일을 다 주인이 모르게 하여야만 되었다. 어찌 생각하면 교활한 수단 같으나 객지 생활을 하자면 주인보다도 이런 사람들을 잘 사귀어놓아야 편하리라는 비결쯤은 몇 해 동안의 하숙 생활이 순진한 선옥에게까지 가르쳐준 산교육이다.

사실 적적해서 심심풀이로 학생을 친다고 하는 소위 여염집 하숙옥의 그 인색하고 경우 없는 짓이란 간판 붙인 여관집 이상이다. 친구가 와서 하루 이틀 묵고 가는 때면 그달 식비를 회계할 때 반드시 이것을 잊지 않는 그들이다. 볼일이 있어 닷새나 이레 동안 어디를 갔다 오는 때도 이편에서 먼저 말을 내기 전에는 잊어버린 척하고 주는 대로 다 받아 넣는 그들이다.

선옥이가 이 하숙으로 옮긴 것은 석 달 전이다. 갑자기 전 주인집에서 집을 팔고 봉천으로 가게 되자 그는 또 집 때문에 머릿살을 앓게 되었다.

"돈만 주면 어디 가 밥 사 먹을 데 없을까."

하는 말이 가장 정당해 보이는 말 같지만 이것은 제집 문 밖을 나보지 못한 사람의 막힌 소리일 뿐이다.

습한 땅에 버섯 나듯이 마당 하나 펼 틈 없이 업히고 업힌 게 경성 안의 집들이요, 나날이 짓느니 새집이건만 밥 사 먹는 나그네들을 위해서는 집 한 채는커녕 육 척 평방의 좁은 방 하나를 좀체로 허락하지 않는 박정한 인심이다.

"윤 선생 집에 드셨수?"

"······."

아무 대답 없이 엷은 가을볕이 내려앉은 마루 끝만 멍하니 보고 앉았는 선옥을 보더니 주인마누라는 물을 용기가 꺾인 듯이,

"애! 참 저 나무 닷새 동안 꽤 때겠니?"

하고 부엌에서 설거지를 하고 있는 며느리에게 말을 던진다.

이런 말을 안 해도 선옥은 이사할 날이 닷새 남은 것을 알고 은근히 속으로 걱정을 하고 있는 중이다.

낮에는 회사엘 들어가고 보니 집을 얻으러 다닌댔자 저녁때가 아니면 일주일 만에 한 번씩 오는 일요일을 이용하는 수밖에 도리가 없다.

선옥은 동무 하나 데리고 오후면 하숙집을 얻으러 일을 삼고 나섰다.

2. 떠도는 마음

우선 회사가 가까운 그 근처에서 찾았다. 좀 새로 지은 것 같아 보이는 산뜻한 집으로 방이 있을 성싶으면 빼놓지 않고 다 들어가 보았다.

"여기 학생 칠 방 있어요?"

"없어요."

기껏 힘들여 속으로 진땀을 빼며 하기 어려운 말을 하고 나면 그 말이 채 귀에 들어가기도 전에 튀어 돌아오는 것처럼 지극히 쌀쌀한 대답이 나와서는 선옥의 다리맥을 하사분히 풀어준다. 이런 아니꼬운 것을 꿀꺽꿀꺽 참아가며 며칠을 돌아다녔으나 결국 실패하고 돌아왔다.

그야 아무 데나 얻어 간다면 허름한 방 하나쯤 없는 것은 아니었으나 정결한 집을, 또 조용한 데를 찾으려고 하다 보니 좀체로 구하기 어려웠다.

그러는 동안에 주인집에서 집을 내놓고 보니 봉천으로 가는 날도 절박해졌다.

이제는 결사적으로 나설밖에 없다. 선옥이도 이제는 꾀가 났다. 직접 집에 들어가는 대신, 골목에서 노는 애들에게 돈을 몇 십 전 쥐어주고 들여보내고는 골목 어귀에 파라솔로 얼굴을 가리고 서서는 나오기를 기다린다.

이놈의 애녀석은 부리나케 뛰어나와서는 힘도 안 들이고

"안 친대요."

소리를 기계적으로 내던지고는

"이 집에 또 들어가 봐요?"

한다. 선옥은 맥이 탁 풀리는 것을 느끼며 고개만 끄덕여 보인다.

해가 뉘엿뉘엿 넘어간 무렵에 터벅터벅 주인집으로 향하는 길가에 있는 아담한 기와집에 쏠렸다. 이 집은 선옥이 회사에 올 때 갈 때 눈독을 들였던 집이었다.

문패를 쳐다보며 머뭇머뭇하고 섰을 때 꼭 닫혔던 대문이 왈카닥 열리고 열대여섯 살쯤 되어 보이는 처녀애가 나왔다.

"애! 너희 집에 빈 방 있니?"

대답 대신, 사이가 대문짝같이 벌어진 싯누런 이빨을 드러내놓고 바보에 가깝게 혜 입을 벌리더니 깡충 뛰어 안으로 들어갔다.

조금 있더니 한 사십 남짓해 보이는 여인네를 데리고 나와 선옥을 손으로 가리켰다.

"방 있는 건 왜 물우?"

말을 이렇게 흘려놓고는 선옥의 위아래를 슬슬 훑어보았다.

"학생 좀 안 치시겠어요?"

주인마누라는 대답 대신에 빙그레 웃고만 섰더니 갑갑할 정도로 느리게

"학생이 있으려고 그러우?"

"네. 그런데 방은 있어요?"

"방이야, 건넌방도 있고 안방도 있지만 건넌방은 애가 공부방으로 쓰구 아랫방은 우리 아들이 쓰니까 남은 거야 없지."

"남은 방은 없군요. 그럼 그만두세요."

선옥이 인사를 하고 돌아서려고 할 때

"아니, 하여간 좀 들어와요. 본래 아는 사람이 어디 있겠소. 사귀면 다 아는 게지. 들어와요, 응. 우린 여국女國 나라요, 괜찮어."

집은 겉모양과 같이 안도 역시 얌전했다. 주인마누라는 방구석에 세웠던 긴 담뱃대를 집어들고 담배합을 앞으로 끌어당기며

"그래, 올해 몇 살이나 됐수?"

선옥은 잠깐 머뭇거리다가

"스물둘이에요."

하고 아무렇게나 대답을 해 버렸다.

"고향은 어디?"

"강원도예요."

"아직 출가 안 했수?"

"아직 안 갔어요."

'대체 밥 좀 파는데 이런 것을 다 물을 필요가 있을까.'

"그런데 방은⋯⋯."

"응, 방은 내려면 하나 낼 수는 있는데⋯⋯."

이어서 주인마누라는 자기 집 이야기를 죽 늘어놓았다. 그것을 추려서 요점만 말하면 남매만 두고 소녀 과부가 되었는데, 아들이 열다섯 되자 학교를 집어치우고 상업계에 나갔다가 오년 전부터 자동차 운전을 배워 지금은 훌륭한 운전수가 되어 차를 부리며 돈을 잘 번다는 것이었다. 비록 공부는 못했으나 돈 잘 벌고 잘났기 때문에 어디 내세워도 빠질 게 없으며 얌전하고 성질이 준수하여 나무랄 데가 없다는 것이다. 그리고 광산 김씨의 자손으로 시퍼런 양반이란 자랑과 시급히 며느리를 보아야 한다는 말고 곁들였다.

"그럼, 내 우리 아들을 건넌방에 있게 하구 아랫방을 내줄 테니 와 있수."

"아이, 고맙습니다. 그럼 그렇게 하죠."

3. On the roads

약속한 날(소위 손 없는 날), 황혼 무렵에 선옥은 새집으로 짐을 옮겼다. 하숙으론 좀처럼 얻기 어려운 아담하고 좋은 방이었다. 여기다가 주인만 좋으면 이십 원쯤은 아까울 게 없다고 생각했다.

며칠을 지내봐도 늘 변함없이 한 번도 선옥의 밥상을 행랑어멈이 아무렇게나 차려가게 하는 법이 없었다. 주인마누라가 끔찍이 위하는 손님이니까 순이 어멈 역시 이 주인 작은아씨나 다름없이 입의 혀같이 대령했다.

사실 주인마누라는 선옥을 바보에 가까운 자기 딸보다도 더 귀여워해 주는 때가 많았다. 백치에 가까운 그 딸은 금년 열다섯 살, D여고보 일학년이지만 밤낮 봐야 공부는 하는 것 같지도 않다. 그래서 연상 주인마누라는 아들을 공부 못 시킨 게 한이 되어 딸은 원을 풀기 위해서 끝까지 공부를 시키겠다는 것이다.

선옥은 주인집 딸의 심술 사납고 미욱스럽게 구는 것을 볼 때마다 속마음으로

"이 집에 어떤 사람이 며느리로 들어올지, 저 시누이를 거느리면 혼이 나겠다."

고 생각하는 것이었다.

그리고 이 집의 아들이란 사람은 좀체로 보기가 어렵다. 경인버스를 운전하는 데 아침부터 저녁까지 쉴새없는 노동이다. 아들은 주인마누라처럼 꽤 뚱뚱했다. 구레나룻이 시커멓게 턱과 볼을 뒤덮고 있었다.

병정 구두 같은 투박한 구두에다 군데군데 기름칠을 한 누르스름한 양복을 입고 어두울 때 들어오는 그와 가끔 마주치기도 했다. 그러나 원체 아들은 말이 없다.

어느덧 이 집에 석 달째나 있으며 선옥은 이 아들과 말 한 번 건네

지 못했다. 지금까지 지내온 것으로 보아서는 이 집 사람들은 대개로 그저 그만했다.

더욱 주인마누라는 너무 좋아서 걱정이다. 확실히 선옥을 좋아했다. 회사에서 돌아와 긴 남치마에다 얌전하게 버선을 신고 뜨락에 내려오는 선옥을 보고는 몸맵시가 예쁘다느니, 길고 좋은 머리를 얌전히 틀고 다니는 게 보기 좋다는 둥 여러 가지로 칭찬했다.

저녁을 먹고 나면 주인마누라는 으레 담뱃대를 비스듬히 물고 선옥의 방에 들어와서 적어도 담배 한 대 씩은 태우며 이 얘기 저 얘기 하다 나간다. 귀찮았으나 참는 수밖에 없었다.

모처럼 주인마누라가 밤 나들이를 간 어느 날 저녁, 순이 어멈이 들어와서 하는 수작에 선옥은 뜻밖의 사실을 알았고 또한 걱정과 불안을 안게 되었다.

"손님 아씨, 주무시나."

안으로 난 문을 방긋이 열고 순이 어멈이 들어왔다.

"아이 어쩌면 방을 이렇게 곱게 꾸며 놓으셨어요?"

한 집에 있으면서도 조석으로 밥상이나 들이고 낼 뿐, 일에 얽매여 헤어나지 못하는 이 순이 어멈은 방안을 찬찬히 볼 기회를 갖지 못했다.

"아이, 반찬이 없어서 진지를 어떻게 잡수세요."

"반찬이 게서 더 좋겠어요. 이번엔 참 주인을 잘 만나서…… 주인 어머니가 참 너무나 좋으셔."

"좋으세요? 홍 물은 건너봐야 알구 사람은 지내봐야 안답니다. 아이, 쥔마님 변덕이 어떤데 그러세요. 이 집이 하인들이 붙어 있지 않는다면 그만이지 뭡니까. 제가 넉 달짼데 제일 오래 있는 거랍니다."

"그럼 나두 조심해야겠군요."

"아씨야, 밤낮 누구만 오면 손님아씨 칭찬이 늘어지는데 뭘 그러세요. 참 저번 날 저 마님이 사주 봐오신 얘기 들으셨어요?"

"네? 사주요?"

"글쎄, 떡 줄 사람은 생각도 않는데 김칫국부터 먼저 마시는 격으로 저번 날 마님이 사주를 보시니까 손님아씨하구 이 댁 서방님이 혼인을 하면 천생연분이 돼서 아주 좋겠다구 하더라나요. 아씨가 오시기 전엔 이 집이 문지방이 닳도록 중매가 드나들던 것을 다 떼어 버렸어요."

순이 어멈은 변덕스럽게 고개를 외로 바로 꼬아가며 수다를 떨다가 이윽고 나갔다.

선옥은 분했다.

'괘씸스런 늙은이 같으니 참 별꼴을 다 보겠네. 아무려면 내가……'

선옥의 머리에는 운전수 노릇 하는 그 아들의 험상스럽고 상스럽게 생긴 모양이며 이따금 본 것이나마 그의 행동의 장면 장면이 떠올라 극도의 불쾌감을 일으켜 주었다.

오늘까지 자기에게 끼쳐온 주인마누라의 친절 속에 불순한 야심의 덩어리가 들어 있었다는 것은 몹시 불쾌한 일이었다.

그러다가 좀 흥분이 풀렸을 때는 정작 큰 문제에 부닥치게 되었다.

"청혼이야 거절하면 그만이지만 그러고 보니 이 집을 떠나야겠으니 어디 가서 집을 또 구한담."

하숙 옮길 일이 난감하였다.

이런 걱정을 은근히 하고 있을 때 동경 M대학에 다니는 선옥의 동생이 여름휴가로 집에 가는 길에 누이에게 들게 되었다. 그는 딴 하숙에서 밥을 사 먹고 묵으면서 매일같이 저녁이면 누이를 찾아왔다. 석 달이나 되도록 남자라곤 그림자도 안 비치던 선옥의 방에 사각모 쓴 남학생이 드나들면서부터 주인 늙은이의 태도는 맑은 물이 푸르둥둥한 물을 끼얹어놓은 것처럼 아주 급변해 버렸다. 얼마 후 동생은 시골로 갔다. 그 뒤엔 선옥을 찾는 남자가 있을 리 없었다.

그러나 주인집의 태도는 여전히 찰 뿐만 아니라 노골적으로 불친절해졌다. 순이 어멈이 언젠가 한 번은 주인댁더러 밤에 오는 손님이 동생이라고 하니까

"동생은 무슨 동생, 그렇게 큰 게…… 지금 계집애들 연앤가 뭔가 하면 으레 오빠니 동생이니 한다네. 뻔뻔스러운 년들."

이라고 하더란 말을 듣고 나서부터는 정말 선옥은 치가 떨리고 분했다.

"또 방을 구해야겠구나."

선옥은 약손가락 끝으로 앞니를 톡톡 두드리고 누워서 바람에 나부

끼는 문장을 보며 경성을 머릿속에 주름잡아보았다. 좀체로 방이 어느 구석에도 있음직하지 않았다.

  지금 선옥의 유일한 소원은 방 하나다. 오직 방 하나다. 방 한 칸이 다시없이 귀했다. 제 맘대로 곱게 꾸며놓고 여기다 제 마음을 담아놓았다가 아침이면 기운 좋게 일터로 나갈 수 있는 방 – 이때 문득 패드라익 칼럼이란 애란愛蘭(아일랜드) 시인의 'An Old Woman on the Roads'란 시가 떠올랐다.

  집 한 칸만 있었으면
  교의와 화로도 내 몫으로 하나만 가졌으면
  화롯가에는 불을 피우고
  벽에 붙어서는 잎나무를 쌓아 놓으리라
  큰 시계가 하나 있었으면
  그리고 또 선반도 하나만 있었으면
  번쩍이는 좋은 접시와 꽃 놓은 사기그릇들을
  그 속에 곱게 곱게 넣어 놓으리라

  허나 이것들은 다 꿈인 것이
  어둠침침한 이곳에 나는 싫증낸 지가 오래다
  집도 없고 풀도 없는 쓸쓸한 길가에서
  진흙과 우짖는 바람 또 쓸쓸함과 외로움에서 내 몸은 지치고 또 지치

하숙

지 않았나

비와 바람을 피할 수 있는

오막살이 집 한 칸만 줍시사고

높으신 하느님께 내 기도드린 지 오래건만.

———— 신가정, 1935년 10월호

일편단심

겨울 해는 어느덧 서산을 넘으려 할 제 C여자고등보통학교 문전은
교내 웅변대회를 필하고 나오는 학생들로 자못 혼잡하였다. 사회의
쓴맛을 아직도 모르고 평화로운 배움의 보금자리 속에서 자라나는 그
들은 하루에 지낸 일을 재미있게 이야기하며 돌아가는 길이다. 그들
가운데서는 이러한 회화가 흘러나오는 것이었다.

"애 – 어쩌면 은실恩實이는 웅변도 그렇게 잘하니! 그 애는 참 모범
생이야 열 가지에 하나도 빠지는 게 없는 걸 뭐."

"그래 참 은실이는 잘 하던 걸! 일등 할 만해! 한 마디 한 마디에 불
이 붙는 것 같애! 은실이야말로 우리 사회의 일꾼이야. 현 사회는 과
연 얼마나 목마르게 은실이 같은 인물을 기다리는지 몰라."

자못 흥분된 어조로 이렇게 말했다.

실로 오늘 '이 땅의 청년들에게!'라는 연제演題 아래서 그의 쏟아놓

은 웅변은 낙망하는 자에게 한 줄기의 희망의 빛을 보여 주며 이 땅의 청년 의식은 피를 다시금 끓게 하였던 것이다.

은실은 폐회하자 곧 집으로 돌아왔다. 언제나 한결같이 웃는 낯으로 맞아 주는 그 어머니는 오늘도 역시 책보를 받아들며 기쁘게 맞아 주었다.

"오늘 퍽 추웠지? 이 손 언 것 좀 봐! 어서 들어가라 방으로!"

"네 ― 오늘은 그다지 춥지 않아요."

모녀는 화로를 가운데 놓고 다정스럽게 마주앉았다. 물질적으로는 비록 넉넉지 못한 가정이나마 따뜻하고 풍성한 모성애는 은실로 하여금 늘 쾌락한 기분을 갖게 하였으며 무슨 일이든지 좋은 기분으로 잘 해 나가게 하는 요소가 되었던 것이다. 그래서 그가 학교에서 수석을 점령하고 있는 것도 그가 즐거운 가정을 가진 것이 제일의 원인이 되었었다. 은실의 남다른 천재를 항상 그의 어머니로 하여금 얼굴의 수심을 걷어 주는 것이었다. 과부이니만큼 언젠들 그의 마음속의 구름이 개어 보며 한숨이 잠잘 때 있으랴만 그러나 자기 남편이 못 이루고 간 그 뜻을 은실에게 계승시키며 굳세고 씩씩한 이 땅의 소금이 될 만한 여성을 만들려는 일편단심으로 하여 자기 몸이 부서지는 것을 안 돌아보고 다만 딸의 앞날을 위하여 모든 것을 감수하며 괴로움을 즐거이 참아 나가는 것이었다. 은실이가 금일까지 공부를 계속해 온 그 이면에는 남모르는 그 어머니의 피땀과 쓰라림이 흐르고 있는 것이었다.

경성 한복판에서 남부럽지 않게 살던 집안이 금일 이 지경에 이르게 된 내막을 알자면 지금으로부터 십 년이란 옛날을 더듬어 올라가야만 그의 서막이 열린다. 은실의 부친은 서울 모 대신 집의 독자이긴 하나 서자로 이 사바세계에 나오게 되었다. 구도덕의 유물이라 할까, 하여간 첩의 자식이란 치욕이 어렸을 때부터 그의 뇌수에 깊이 새겨졌다. 이런 중에 자라난 그의 부잣집 아들 샌님과는 딴판으로 그의 정신을 맑았고 사상은 철저하여 언제든지 이 사회를 한번 바로잡아보겠다는 결심은 기회만 기다리고, 그의 머릿속에 맺혀 있었던 것이었다.

그러자 그는 때마침 일어난 ○○○운동에 몸을 던지게 되자 그 많던 재산은 다 그 일에 바치게 되었었다. 이때 보통 부인 같으면 다소간 원망을 남편에게 했겠지만 은실의 어머니는 도리어 남편의 하는 일을 간접으로 적지 않게 도와주었었다. 그러나 은실의 부친은 중도에 동지와 더불어 ○○에 들어가게 되었다. 그는 불행히도 감옥에서 병으로 신음하다 한 많은 반생을 일기로 황천의 길을 걷게 되었으니 불행의 실마리는 이로부터 시작된 것이었다.

갑자기 이 변사變事를 당한 그의 미망인은 앞이 캄캄해지며 한 팔이 떨어진 듯 무슨 안책案策도 나오지 않았다. 그러나 은실이가 있다는 것을 생각할 때는 캄캄한 그 중에도 무슨 빛을 보는 듯하였다. 슬퍼만 할 때가 아니라고 생각한 그는 우선 급한 것이 산 사람의 생로였다. 그는 평시에 저축하였던 돈으로 새 집을 하나 얻어가지고 이 집을 내놓게 되었다.

석일昔日의 영화를 생각한들 무엇하랴! 그는 긴 치마를 벗어 버리고 어느 공장에 다니게 되었다. 그래서 그 얼마 안 되는 수입으로 두 생명이 연명해가게 된 것이었다. 종일토록 공장에서 일을 했으니 밤이면 오죽이나 곤하랴만 자기 모녀의 장래를 생각할 때는 단잠조차 안 와서 밤을 밝히는 것이 상례였다.

언제나 빠른 세월은 이 생활을 계속한 지도 벌써 네 번째 가을을 맞게 되었다. 늦은 가을 햇볕이 따뜻이 쬐는 어느 날 오후, 은실의 어머니가 공장에서 노는 틈을 타서 동리집 떡방아를 찧고 있을 즈음에 그의 오빠 춘식春植이가 찾아왔다.

"오빠 참 오래간만이십니다. 어서 들어가시지요!"

머리에 썼던 수건을 벗으며 춘식을 방으로 인도한다.

"그 동안 어떻게 지냈냐? 벌써부터 좀 와 본다는 것이 자연 업무에 바빠서!"

하며 모자를 벗어놓고 방안을 둘러본다. 방안에는 장롱이 두어 개 놓여 있고 은실의 책상이 있을 뿐이다. 은실의 책상 위에는 은실의 부친의 사진과 기독의 초상이 걸려 있고 그 옆에는 신문에서 오린 듯한 간디의 사진이 붙어 있다.

"은실이는 아직 학교에서 안 돌아왔냐? 그 애가 아마 내년이 졸업이지?"

"네! 내년이 졸업이야요."

"벌써 은실이가 여자고등보통학교를 졸업해! 참 세월이 빠르긴

하다!"

두 사람 사이에는 가벼운 침묵이 계속되었다.

"오늘이 무슨 날이냐? 떡을 허니."

"집의 것이 아니고 남의 것을 좀 맡아 하는 것이야요."

"그런데 너는 어쩔 주의냐? 원 남의 집 떡방아를 찧다니 이런 수치가 어디 있어. 이렇게 고생을 하면서도 일전에도 말했지만 그 편이 나을 것 같다. 그리고 당장은 첩이라곤 하지만 곧 이혼할 것이고 또 그 사람으로 말하면 아직까지도 경성서 굴지의 재산가다. 그리고 은실에게도 잘해 준다고 하는데 무엇이 마땅치 않아서 그러냐 말야."

말이 채 끝나자마자 은실 어머니는 흥분된 어조로

"오라버니 그게 무슨 말씀이세요. 그만했으면 아실 것이지요? 왜 제게 그런 말을 두 번 하시는가요. 누이동생을 그다지도 못 알아 보셨던가요? 그래 나를 체면도 모르고 돈만 아는 사람으로 아셨던가요. 비록 이 지경이 되었을지라도 호의호식해 가면서 죄악의 더러운 생활을 하는 것보다는 훨씬 나아요. 그뿐 아니라 남의 씨를 받은 이상 나에게는 이 씨를 꽃 피고 열매를 맺게 할 무거운 임무가 있습니다. 제발 다시 그런 말씀은 나에게 말아 주세요. 이것은 결코 남매간에 우애 있는 것이 결단코 아니니까요."

열렬히 토하는 한 마디에는 열녀적 군센 그의 기상을 충분히 엿볼 수 있었다. 부호 놈의 돈을 먹어가며 그 바람에 자기의 누이를 괴어 보려던 춘식은 실망의 빛을 띠고 돌아갔다.

마음껏 핀 꽃과 같은 삼십 남짓한 미인이란 평판이 높은 과부댁이니만큼 그에게는 별별 수단과 갖은 감언이설의 유혹을 받게 되었다. 그러나 남편의 유지를 성공해 보겠다는 열렬한 일편단심을 움직이는 것은 아무것도 없었던 것이다. 모든 악마들의 마술도 모두가 수포로 돌아갈 뿐이었다. 남 같으면 청춘을 자랑하는 꽃다운 시절에 그는 풍상으로 향락을 대신하였던 것이다. 달 밝은 밤이나 비 오는 날이면 과연 그는 얼마나 세상의 불공평을 느끼며 그로 하여금 슬프게 하였을까? 그러나 그는 이런 때마다 은실을 유일의 힘으로 깊이 알고 다시 기운을 차리는 것이었다. 풍파 많은 현실에서 하루를 보내고 맞이하는 동안에 어언간 다음해 봄은 생기를 얻고 죽었던 풀들도 고개를 들어 천지엔 춘경이 가득 찰 제 은실의 집에는 때아닌 겨울바람이 도 불어왔으니, 이는 은실 어머니가 병상에 누운 후로 병세가 점점 더해가는 것이었다. 의사와 위문객이 번갈아 드나드느라고 일상에 조용하던 은실의 집도 요새는 꽤 변화하였다.

"어머니 병세가 좀 어떠냐? 외가에서 누가 오셨니?"

근심스럽게 동네집 할머니가 물어 보는 것이었다.

"네. 외삼촌, 이모, 다들 오셨어요. 그런데 어머니 병은 점점 더해서 오늘은 사람도 몰라 보세요. 의사의 말이 오늘을 못 넘기겠다고요."

하도 애달파서 은실은 이렇게 말을 하면서 그의 눈에서는 눈물이 비 오듯 하였다. 의사가 또 왔다. 진찰을 마치고 그는 주사를 한 대 놓고 일어선다. 방안은 씻은 듯이 조용해지며 모든 시선은 의사에게로 쏠렸다. 의사는 희망이 없다는 최후의 선고를 내리고 나가 버렸다.

은실은 의사를 따라나가 부여잡고

"선생님 선생님, 어떻게 하든지 좀 해서 내 어머니를 좀 살려 주세요. 네, 선생님 우리 어머니를 좀 살려 주세요."

눈물을 흘리며 애걸하는 이 광경에는 의사도 동정의 눈물을 뿌리게 되었다.

"오 너무 그러지 말아라. 내 재주껏 해볼 것 터이니."

하며 나갔다.

"의사란 것이 다 무엇 하는 것이냐. 오, 내가 왜 일찍이 의술을 안 배웠던가."

하며 그는 쓰러져 버린다. 온 실내는 무거운 침묵에 잠겼을 뿐이다. 꽃 피기를 재촉하는 봄바람이 비애에 잠긴 은실의 집 문풍지를 울리는 소리와 때때로 병자의 괴로워하는 호흡 소리와 은실의 흑흑 느껴 우는 소리만 이 방안의 침묵을 깨뜨릴 뿐이다. 기어코 사死의 사자는 달려왔다. 앓는 이는 감았던 눈을 뜨며 은실을 찾더니 다 마른 입술을 열었다.

"은실아!"

떨리는 입술로 겨우 한 마디를 하고는 두 눈에서 눈물이 비 오듯이 두 뺨을 흐르고 있다. 옆에서 은실의 애달프게 부르짖는 소리에 그는 다시 입을 열었다.

"내가 아무리 아니 가려고 애를 쓰나 이 무정한 죽음은 기어코 나를 데려가는구나. 은실아 나는 비록 갈지라도 너는 너의 아버지의 뜻을 이뤄다오. 무정히도 나는 이리 떠나나 장차 너는 어찌 살려느냐? 험악한 이 세상 거친 벌판에 의지할 곳 없는 너를 버리고 가는 나를 너는 무정타 말아다오. 오, 은실아, 은실아.."

그의 말끝은 점점 흐려진다.

"어머니. 어머니. 어머니는 저를 두고 어디를 가시나요. 오, 어머니 아니 가시지 못할 길이거든 저를 데리고 가 주세요. 오, 어머니 어머니."

하고 은실이는 목을 놓아 울었다.

그러나 그만 은실 어머니는 눈을 감았다. 서른다섯을 일기로 한 많은 그의 반생의 극은 이것으로 종막을 내렸던 것이다.

비애에 싸인 이날도 지나고 장례식도 자 지났다. 돌연히 변사를 당한 은실은 극도로 애통하였다. 슬픔과 고독 중에서 날을 보내고 맞는 동안에 어느덧 그 봄도 여름도 다 지나가고 은실이가 영광의 졸업식을 맞이하는 봄이 되었다. 평소에 쌓아오던 그의 공부는 제일번으로 C 여학교를 졸업하게 되었다.

인왕산 한 모롱이에 외로히 누워 있는 조그만 무덤 앞에는 소복하고 꽃다발을 든 어여쁜 처녀의 그림자가 나타나게 되었다. 그것은 은실이가 졸업식이 끝나가 곧 어머니의 무덤으로 발길을 옮겼던 것이었다.

저녁 햇빛이 서쪽 하늘을 곱게 물들이며 인왕에 반쯤 걸려 있을 제 그는 어머니의 산소에 당도하였다. 사방은 고요한데 엷은 석조夕照만이 쓸쓸히 누워 있는 무덤을 따뜻이 비추어 줄 뿐이다.

북받쳐 나오는 설움에 은실을 그만 무덤 앞에 쓰러졌다. 그러나 허무한 것은 인생이니 한 번 가면 아무리 그의 앞에서 몸부림치며 운들 무엇 하며 붙든들 소용이 있으랴? 지나가는 바람만이 소나무 가지에 걸려 울 뿐이다.

어느덧 저녁 해도 다 져 엷은 회색의 장막은 고요하고 쓸쓸한 이 무덤을 고요히 싸려 한다. 만일 사후에 혼백이 있다면 은실 어머니는 얼마나 기뻐할 것인가? 과연 그의 일생은 짧았으나마 성결한 가치 있는 생애였다. 앞날을 위하여 그는 과연 그 얼마나 현실의 쓰라림을 맛보았는가? 딸의 앞날을 위한 그의 일편단심이야말로 과연 캄캄한 이 땅에 한 줄기의 광명한 빛이었다.

닭 쫓던 개

서울의 밤 종로 바닥의 야시장꾼들의 싸구려 소리며 푸른 커튼 밑으로 새어 나오는 얼크러진 짜쓰- 이 모든 것들은 젊은 룸펜들의 발길을 멈추기에 똑 알맞았다. 이러는 틈에서 S가 서대문행 전차를 기다리고 있을 제 건너편 화신상회和信商會로부터 손이 모자랄 만치 무엇을 사가지고 나오는 한 신여성이 있었다. 한 손에다 가방을 든 모양으로 보아서 아마 경성 역으로 나가는 길인 듯하였다. 잠자리 날개 같은 새까만 치마를 짤막하게 입고 하얀 적삼을 얌전하게 지어 입은 맵시는 어디로 보든지 고상하고 산뜻해 보였다.

기름도 안 바른 머리를 가볍고 시원해 보이게 틀어 얹은 모양이며 경쾌하게 걷는 걸음새를 보아서 아마도 ○○학교 학생인 것 같았다. S는 한참 동안 멍하니 서 있다가 요란히 울리는 전차 소리에 비로소 정신이 들었다. 전차에 오르려 할 때 그 여자는 짐이 많아서 어쩔 줄을 모르는 모양이었다. S는 얼른 그 옆으로 가서 짐을 들어 올려놔주며 자리까지 잡아주고는 자기도 그 옆에 앉았었다.

"아이구 너무 미안합니다."

"원, 천만에 말씀을 다 하십니다."

그 여자의 상냥스러운 말씨며 동그스레한 그 얼굴 총명해 보이는 큼직한 맑은 그 눈. 이 모든 것은 S의 철석간장을 다 녹이는 것 같았다.

S는 어떻게 하면 옆에 앉은 여자에게 말을 좀 건네 볼까 하고 궁리하다가 용기를 내어 어색한 감이 없지 않았으나 말을 붙여 보았다.

"실례인 것 같습니다만 선생님 ○○학교 다니시지요?"

"네! 그렇습니다."

"무슨 과에 계신가요?"

그 여자는 잠깐 주저하는 듯하였으나 S의 무안해할 것을 짐작했음인지 가사과家事科라고 대답해 주었다.

"그러면 저! 3학년에, 김철희金哲姬란 학생 아십니까!"

"네! 잘 압니다."

그 후 말끝을 잃어버린 S는 하는 수 없이 다시 침묵을 지킬 수밖에 별수가 없었다. S의 마음은 공연히 흥분되어 무엇인지 모르게 가득 찬 것 같았다. 전차도 벌써 경성 역에 다다랐다. S는 가방을 들고 경성 역 대합실까지 따라갔다. 가방을 놓고 비 오듯 하는 땀을 씻고 있는 S를 보고 그 여자는 미안하다는 말과 고맙다는 치하를 번갈아 하였다. 천사 같은 그에게서 그런 치하를 받는 것이 말하자면 S에게는 다시없는 영광이며 기쁨인 것같이 생각되었던 것이다. S는 그 여자와 대합실에 나란히 앉았다. 언제나 혼잡한 경성 역이건만 그리 혼잡지는 않았다. S는 부질없는 생각으로 만인이 보라는 듯이 한창 뽐내고 앉았었다. 오고 가는 사람들이 자기를 흘끗흘끗 보고 가는 것이 모다 자기를 부러워하는 듯하였다.

S가 땀을 들이고 앉았을 때 키가 후리후리한 제복 제모의 전문학생이 가방을 들고 숨이 차게 S편으로 달려왔다. 바로 그는 S와 동반同班인 K였다. 마침 그때 옆에 앉았던 그 여자는 K를 반겨 마주 나갔다. 그제야 겨우 눈치를 챈 S는 어색하기 짝이 없었다.

"오! S군인가. 어떻게 나왔나."

"……"

"K씨! 이분께서 수고를 참 많이 하셨어요. 이 가방을 여기까지 갖다 주셨답니다."

"그 참 대단히 감사하구먼."

"아! 뭘!"

S는 이제야 겨우 입을 떼었다.

그 여자와 K는 S와 작별하고 차 타러 들어가 버렸다. 그들의 뒷모양을 한참 보고 섰다가 S는 모자를 푹 눌러쓰고 뒤통수를 치며 대합실을 나와 버렸다.

순간에 일어났던 연극! S의 가슴속에 새를 잡았다 놓친 것같이 호젓하고 서운하였다. 한편으로는 슬며시 골도 났다. '서대문으로 볼일

보러 가던 놈이 정신이 빠졌나. 왜 한강행은 타고 연극을 꾸몄담.' 혼자
생각해도 당초에 알궂기 짝이 없었다.

—— 신동아, 1932년 8월호

2

인물평전

인간 월탄月灘

월탄月灘이 성자聖者가 아니어든 '인간 월탄'을 적으라는 편집자의 요청이 잠깐 새기기 곤란했다. 그러고 보니 월탄을 논하되 그의 작품을 말하는 어려운 얘기를 피하고 쉽게 그 분을 얘기하란 주문인가 보다.

그렇다면 이 제목은 그야말로 잘못 와서 떨어졌다고 할 수밖에 없는 것이 사실상 나는 월탄을 안 것이 날이 얕기 때문이다.

이상하게 들릴지 모르나 될 수 있으면 글만 써서 문단에 내놓고 문단인들과 휩쓸려 다니지는 않으려는 주의主義에서 서로 알 기회를 갖지 못했던 까닭에 2차 전쟁 말기까지도 정식 인사가 없었다. 키가 작고 좀 뚱뚱한 몸을 길에서 만나면 기연가미연가 할 정도였다.

그 증거로는 전쟁 때 하루 종일 방공연습을 하고 나니 덥기에 저녁 후 동창 이 여사 집에를 가서 놀다가 짧은 여름밤이라 나도 모르게 그만 열한 시나 되어 늦게 돌아오는데, 주정꾼이 범람할 시간이라 무서워서 인적이 드문 밤거리를 급히 걸어서 안동 별궁 담 골목으로 들어서자 이제는 살았다 하고 얼마 남지 않은 집을 바쁘게 달리는데, 몇 걸음 안 남겨 놓은 앞에서 점점 가까이 오며 냅따 떠들어대는 주정꾼이 있었다. 나는 걸음을 멈추고 어떻게 해야 이 좁은 골목에서 날쌔게 저 사람을 지나칠 수 있을까 순간 궁리를 하고 도피할 자세를 취하고 있노라니까 동무가 또 생겼다.

"여보세요, 저 주정꾼들을 어떻게 지나갈까요. 나 하구 같이 좀 가 주세요."

그 여자는 나를 의지한다.

"아무런 욕설을 해도 잠자코 빨리 달아납시다."

하며 가만히 주정꾼의 거동을 살펴보니 그는 맞은편에서 여자들이 온다는 것은 안중에도 없다. 다만 열중해서 한 손바닥으로 다른 손바닥을 탁탁 때리는데, 여기다 침을 퉤퉤 뱉어가며

"더어럽다. 더러워, 에이, 더어러워!"

몇 번이고 이 말만 되풀이하며 걸음은 앞으로 나가는 것이 아니라 어찌된 셈인지 뚱뚱한 작은 키의 중년 신사는 손바닥을 치며 뱅글뱅글 돈다.

그러는 틈에 한 여자가 획 지나가더니 주정꾼은 역시 무심치 않다. 다음 번에 달아날 나는 전술을 달리 하기로 했다. 떨리는 마음으로 그 옆을 지나며 보니 그분은 바로 대선배 박종화朴鍾和 선생이 아닌가. 그

도 날 보더니 돌아서 버린다. 그러자 내가 그도 들을 정도의 혼잣말로

"아니, 저 분이 월탄 아니라구?"

하며 지나치자 기적으로 주정은 뚝 끊어지고 말았다.

이 에피소드가 지금 와서는, 월탄은 그게 자기가 아니었다거니 나는 분명 그이는 월탄 박종화 선생이었다거니 해서 심심하면 다투는 꺼리가 되었거니와, 그때까지 나는 정식 인사가 없었다. 하기사 다행히 정식 인사가 없었으니 말이지 알았던들 누가 어디 갔다 이제 오느냐고 한참 주정을 했을 것이 틀림없다.

이태백을 위시하여 시를 짓고 소설을 엮는 이로 술을 안 좋아하는 분이 별로 드문 일인지라 월탄 역시 술을 좋아하시는 편이다. 일찍이 한 잔 술을 대접한 일도 없이 이런 말을 하고 보면 노하실는지도 모르겠으나 월탄을 논하면서 어찌 술 얘기를 빼놓을 수 있으랴. 그러나 중독 정도는 아니고 좋아하는 정도인 것 같다.

술이 적당히 퍼지고 나면 이상하게 치기만만해지는 분이 월탄이다. 그래서 좌중에 누구보다도 자기의 음성이 커야만 만족을 하는 선생은 파음조적破音調的인 어성語聲으로 다른 사람들의 말소리를 누르려고 애를 쓰는 양은 애기모양 웃긴다.

모든 호기豪氣는 술김에 서고 평소에는 지극히 의젓하고 말이 없고 진중한 그 품격은 문인 중에도 그를 따를 이 드물 것이다.

악의나 야심이 없어 보이는 표정은 언제 보나 순수하며 누구에게나 박하게 굴지 않는 것이 그분의 특징인 것이다.

첫 인상이 귀재鬼才가 숨어 있을 것 같은 구석은 한 군데도 없다. 도대체 문인일 것 같지가 않다. 부잣집 메주덩이처럼 생긴 분이 그 휘황찬란한 재주는 어디다 지녔는지 알 수가 없다. 시를 써도 일류요 소설을 쓰면 그대로 또 일류다.

임금님의, 아니 자기 남편의 얼굴을 노여움에 후렸다는 것이 할켰다는 죄로 일생을 소박을 맞고 울어서 눈이 짓물러 피눈물이 나고 마지막엔 독약을 받아 마시는 〈금삼錦衫의 피〉를 읽고 울면서 나는 당시 그 저자를 보았으면 했다. 역사의 사실이라는 것보다 저자도 그런 남성일 것만 같아서 –

그리고 나서 〈다정불심多情佛心〉을 읽는데, 소설깨나 읽었지만 우리 소설 중에서 이 소설에게처럼 반했던 일은 없다. 노국공주의 반혼返魂을 시키는 대목에선 나는 공민왕과 똑같이 미칠 것 같았었다.

이런 찬란한 재주를 지녔거든 사람됨이 비범할 것 같은데 외모에나 성격에 승복스러운 데를 찾아볼 수가 없고 시정 어디서나 볼 수 있는 타입으로, 돈냥이나 좀 있는 행세하는 집 자손 같다. 이조李朝 때 났으면 정 몇 품 재상쯤 되어 가지고 관대冠帶에 관복을 입고 틀림없이 대궐엘 드나들었을 분 같다.

월탄을 내가 처음 만난 것이 그 언젠가 금곡원金谷園 앞을 모毛여사

(모윤숙)와 지나다가 다른 문인들과 휩쓸려가는 월탄을 만났던 것 같다. 그때 키는 가운데 토막을 뚝 자른 것 같이 작고 음성은 그럴 듯한 남성의 음성을 한 분인데, 모와는 상당히 친숙한 듯 농을 주고받는데 내가 궁금해서

"저이가 누구요?"

하고 물었더니 모의 말이 '박종화 씨'라고 한다. 그대로 나는 소개를 받는 일도 없이 지내 버렸다가 정작 인사는 언제 드렸는지 잘 기억나지 않는다.

한 번도 가본 일은 없으나 듣건대 선생 댁에는 연당蓮塘이 다 있고 제법 여유 있는 차림인상 싶다.

월탄은 또 형제지간에 우애가 많은 분이다. 해방 후에는 웬일인지 그분 생활이 번화해져서 교수들과도 잘 밀려다니시고 어중이떠중이 찾아오는 분도 적잖은 모양이나 일제 시대에는 그는 흔히 그 제씨와 흡사 친구처럼 '일병 일병'하고 제씨를 아호雅號로 부르고 사이좋게 짝을 지어 잘 다니시는 걸 헌 책사冊肆에서도 보고 거리에서도 보고 참 우애 있는 형제도 있다 - 하고 그 광경을 퍽 아름다워했다.

일제시절 얘기가 나왔으니 또 생각이 나는데, 이번 전쟁 말기에 내가 매일신보사에 취직을 하고 아직 그 뉴스도 퍼지기 전 출근을 시작한 지 이틀째 되던 날인가 신문사 정문에서 월탄을 만났다.

"노 시인, 웬일이시오?"

하시는데 내가 기운 없이

"여기 취직했어요."

하니 월탄은 대발노발하여,

"시인이 신문사에 취직을 하다니 무슨 소리냐?"

고 하시며 내가 취직이라도 안 하면 결혼을 안 한 여자는 정신대挺身隊로 내보낸다고 해 이렇게 나왔다고 하니 내 말이 떨어지자마자 월탄은 정말 걸작을 토했다.

나는 순간 그 말을 듣고 눈물이 핑 돌았다. 그리고 이렇게 인정미가 있고 의리 있는 분이 있나 하고 — 한참 멍하니 섰었다. 물론 그것은 웃음의 소리였다. 허나 웃음의 소리일망정 그것은 분명히 인정에서 튀어나온 감당할 수 없는 소리임에 틀림없었다.

그 후 해방이 되자 내가 '부녀신문'을 창간하느라고 아픈 몸을 끌고 동분서주할 때에 시일이 촉박해서 여유를 못 드리고 황급히 원고를 써내라고 조르면서도 너무 촉박하니 웬걸 밤을 새워서 써 주시랴 했더니 아닌 게 아니라 다른 원고 다 중지하고 새벽에 썼노라고 하시며 신문을 맡아서 잘 하라고 격려를 한 편지와 함께 원고를 보내주셔서 고맙게 쓰며 그대로 내가 이 분은 의리 있는 분이고 믿음직한 선배라고 생각했던 일이 있다.

밉다고 얼른 뱉을 성격이 아니고 너그럽고 덕 있는 품이 대선배다우며 두령답고 어디로 보나 문총위원장 감이다. 그러나 한 가지 내가 그야말로 인간 월탄을 얘기하면서 공허를 느끼지 않을 수 없는 것은, 그분에게 연인이 없는 점이다. 같은 남성이 아니라 샅샅이 그의 사생활을 몰라서 혹은 나만 모르는 소식인지는 모르되(그렇다면 다행이고) 아직까지 그 비슷한 얘기도 들은 일이 없다.

청교도적으로 이 점을 모름지기 자긍할지 모르나 이것은 자랑이 아니라 확실히 인간 월탄으로는 다시 없이 큰 빈 자리를 가진 일이요 적잖은 손실이 아닐 수 없다. 그뿐 아니라 도대체 인간 50년에 '러브', '에피어' 하나 못 가져 봤으면서 시를 쓰고 소설을 쓰시니 그야말로 귀신같은 재주를 지닌 분이다.

허나 월탄에게 그런 '로맨틱'한 사건이 아주 없었다고 누가 단정하랴. 있었으면서도 서로 깊은 바닷속 같이 간직하고 사나이 중의 사나이로 아무에게도 말을 안 해 세상이 모르는지도 모를 일이다.

내가 잘 다니는 성격이 아니고 더구나 같은 여성도 아니고 보니 만난대야 그저 문인들의 출판기념 잔치 자리에서, 혹은 버젓이 2차 회자리에서 만나 기껏 본다는 것이 주정하는 월탄을 뵙는 정도인데, 주정은 굉장한 주정이다. 술을 안 마시면 그처럼 점잖고 허튼 소리 한 마디 없으신 분이 술만 들어가시면 세상이 참 좋은 모양이다.

해방 후 모여사의 〈옥비녀〉의 출판기념연이 모처에서 열렸을 때인데, 어디선지 미리 한 잔 하시고 와 가지고 정말 체면 없이 때마침 내가 사회를 하는데 어떻게 주정을 해대시는지 시끄러워 사회를 못할

지경인데, 또 재치기를 해서 옆에 앉았던 양참의洋參議, 여대의사女代議
士들의 옷에 튄 코, 침을 씻을 정도가 되더니 나중엔 정말 볼 수 없이
구려서…… 사회의 이름으로 축출을 명했던 일이 있거니와 술을 자시
면 잠깐 심하시다.

　그래 우리 여류문인들은 무슨 회합이 있을 때면 누구들이 모이느냐
고 묻다가 월탄이 오신다고 하면 모두들 어안이 벙벙해 그분은 빼라
고들 한다. 그러나 이것은 주정하시는 것이 구경스러워 결국은 꼭 모
시라는 얘기가 되고 문단에서 누구에게나 인간적으로 존경을 받는 분
이 또한 월탄인줄 안다. -망언다사妄言多謝

전원시인 김상용
-다재다능한 천하의 호인

남으로 창을 내겠소

밭이 한 참 가리

괭이로 파고

호미로 풀을 매지요

구름이 꼬인다 갈 리 있소

새 노래는 공으로 들으랴오

강냉이 익걸랑

함께 와 자셔도 좋소.

이 유명한 「남으로 창을 내겠소」의 시인 월파月坡 김상용金尙鎔 씨는
필자와는 사제지간의 연을 맺고 있다. 즉 내가 이화여전 문과엘 다닐
제 선생은 우리 클래스의 문학개론을 가르치러 들어오시는 것이었다.

그때 키는 자그마하셔도 아주 다부진 인상을 주셨다. 웃을라치면 붓으로 파임을 낸 것 같은 그 여덟 팔 자 굵은 눈썹 밑에서 눈이 한 일 자로 자지러지는 것이었는데, 또 어딘가 몰라 체소한 것과는 다르게 무게가 있는 양반이었다. 약간 쉬인 듯한 그 독특한 음성으로 강의를 하시는데, 지금도 선연하거니와 웬일인지 머리에 잘 들어왔다.

'오마 카이얌'이니, '라푸까디오 헌'이니 하시며 얘기를 해내려가는 폼은 침착하고도 힘찬 데가 있었다.

이 선생님한테는 전교 학생들이 어려운 사정을 잘 말해 왔다. 그래서인지 안 듣는 데서는 '상용 아저씨' 혹자 'S.Y. 엉클'로 통하는 것이었다.

등산을 좋아하셔서 백운대를 비롯해서 서울 주변의 높은 산봉우리는 아마 다 정복을 하셨다는 것으로 들었다. 그래서 산악회 회장으로 계셨다.

선생은 어느 편이냐 하면 고생과 수고로 뭉쳐진 분이 아니었던가 한다. 우리 문단의 여류 시조 대가로 이미 정평이 있는 그 매씨 김오남金午男 여사와 조실부모하고 공부들을 하시느라고 겪은 고생은 적지 않았던 것 같다.

선생님은 동경東京에서 고학을 하시면서 그 돈으로 또 매씨 김오남 씨를 동경여자대학 영문과를 졸업시켰던 것이니 선생의 얼굴엔 남다른 세고世苦의 흔적이 어딘가 보였다.

월파 선생은 서기 1902년 경기도 연천에서 낳으셨다. 일본서 릿교 대학 영문과를 졸업하시고 그 해 스물다섯 살 난 젊은 영문학도는 바로 그 해부터 이화여전에서 교편을 잡은 것이 중간에 잠깐 쉬었던 때는 있었으나 시종일관 이화에다 청춘과 함께 25년 동안 일생을 바치신 분이다.

그 동안 교수로 계시며 문과 과장도 하시고 당시 김활란 교장 다음 자리인 학감도 지내시며 이 나라의 많은 여성 일꾼들을 많이 길러내신 교육가로서도 한 몫을 보신 분이다.

문하에 주도윤, 모윤숙, 백국희, 장영숙 등 여류시인들을 우리 문단에 선물한 공적이 크시다.

일제 말기엔 견디다 못해 이화를 나오셔서 종로에다 '장안화방長安花房'이라는 조그만 꽃집을 내시고 이전 교수로 있다 함께 나오신 김신실金信實 여사와 함께 충혈 된 장안 시민들을 상대로 꽃장수를 하시며 자기의 정신, 특히 민족혼을 지키기 어려운 세대의 탁류를 꽃 속에 숨어 피하셨던 것이다.

8.15 해방을 맞이하자 조국의 깃발 아래서 강원도 지사를 하시는 등 관운이 피는 것 같더니 시인인 선생은 역시 이런 감투를 다 벗어 버리고 다시 이화동산으로 돌아가 학감을 하시는 등 또 김활란 박사와 〈코리어 타임스〉의 영자신문을 주재하시며 초창기라 고생도 많이 하시고 우리 문화면에 이바지함이 적지 않았다.

주량은 한 잔 술을 넘어서 좋아하시는 편이었으나 워낙 미션 스쿨인 여자 교육기관에 가 계셨던 관계인지 취중에 실수나 주정을 하신 예는 일찍이 없었으며 이지적인 면을 가졌으면서도 또 퍽 유정스러운 분이었다.

시가 좋다고 하지만 그 인간이 더 좋은 편 — 구수하고 사람 좋은 품이란 그만이었고 늘 사람은 깊은 맛이 있어야 하느니라고 하신 것이 그 분의 교훈이었으며 작으면서도 작게 안 보이는 분이 월파 김상용 선생이었다. 그 많은 친구 양반들이 이구동성으로 하나같이 하는 말은 "참 좋은 친구였지."하는 정평이었다.

시의 주제는 항상 자연과 전원을 읊은 것이었으며 말을 다듬는 데 있어서는 고답파적인 데가 있었다.

작품의 경향으로서는 역시 낭만주의적인 요소가 다분하였다. 어쩐 일인지 월파 선생은 자기의 작품을 모아두어 세상에 내놓는 욕심이 없었던 분으로, 그 제자들도 시집을 몇 권씩 가지고 있을 무렵 해방 후에도 한참 연후에야 〈망향望鄉〉이란 시집을 처음으로 내셨는데, 그것도 발표한 원고를 통 모아두시지 않았던 관계로 여기에 수록한 것은 몇 편이 안 되었다. 정말 잘된 역시譯詩들도 상당히 많았었는데도 그대로 다 헤쳐진 채 훌륭한 실력을 가졌음에도 불구하고 하나의 역시집도 내놓지를 못했다. 이밖에도 해방 전 동아일보에 수십 회를 거듭하며 한동안 독자들의 애독 속에 연재되던 산문 「무하선생 방랑기」가 있다.

가정은 조혼한 부인 사이에 낳은 아들들이며 딸들이 수두룩하여 8 남매의 아버지로 자손 창성의 다복도 한 듯 했으나 월파 선생의 혼이 통하는 가정은 되지 못했던 것 같았다. 49년의 고달픈 생애 가운데에는 밤중의 별이 떠주듯 – 비 뒤에 무지개가 서주듯 – 흔들어 준 횐 손길들이 없었던 바도 아니었던상 싶다. 이는 저 깊은 해저海底와 같은 얘기들이고.

숨어야 할 몸이기에
뜬 달 지라고 했네
급기야 달 떨어지고
밤만이 깊은 거리 걷는 이 눈에
눈물이 왜 고이나
꿈의 탑 알뜰하건마는
인생도 짐이 되길래
허허 바다에 던졌었네.

고 한 「무지개도 귀하건마는」에서 그 심경을 엿볼 수 있다고나 할까.

월파 선생은 시에만 빠지는 풍류적인 시인이라기보다는 말하자면 실무적인 면을 지녀 무엇이나 맡기면 감당할 수 있는 다능한 분이었다.

연달아 월파 선생에 대한 우리의 기대가 바야흐로 커지고, 또 가난한 살림살이도, 좀 궁끼를 벗을까 하는 마당에 그만 여유 있게 살아 보실 겨를도 없이 부산 피난지에서 하루 저녁 2,3인 문우들과 더불어 술자리를 가졌던 것이 한스럽게도 선생은 게 중독으로 인해 49세를 일기로 드디어 서거, 1951년 6월 22일 부산 서면 자택에서 세상을 버리셨다.

　선생이 작고하시자 3년 상을 못다 치르고 부인도 세상을 떠나 아직 미장가 전인 어린 자녀들은 이리저리 흩어져 고달프게들 살아가는 형편이 되었다.

팔로군에 종군했던 김명시 여장군의 반생기

『옥루몽』의 일지련이 부럽지 않게 아녀자의 몸으로 전장에 나가 공을 세우고 돌아온 여장군이 있었으니 그는 경상남도 마산 출생의 김명시 여사이다. 그는 이번에 팔로군에 종군하여 직접 일본군을 무찌르고 일본이 항복하자 금의환향한 개선장군이다.

어릴 때

고향인 마산馬山에서 일찍이 아버지를 여의고 홀어머니 손에 자라나다가 3.1운동에 어머니가 희생이 되어 당시 열세 살 소녀는 위로 열다섯 된 오라버니와 여덟 살 된 동생에 네 살짜리 여동생을 데리고 운명의 모진 바람을 안게 되었던 것이다.

오래비들의 뒤를 거두고 밥을 끓여 퍼먹여 가며 네 살짜리를 업고 학교엘 다녔다. 물론 교실에 이런 아이를 업고 들어갈 수가 없어 학교

운동마당에다 동생을 놀으라고 내려놓고 공부를 하러 들어가 앉았으면 선생님의 글 가르치는 소리는 하나도 귀에 들어오지 않고 아이 우는 소리만이 귀에 들려오는 것이었다.

이렇게 하는 공부를 그럭저럭 마치고 오빠의 주선으로 서울을 올라와 배화여학교에가 들어 고학苦學으로 공부를 하게 되었다. 고학을 하자니 시간이 모자랐건만 어려서 어머니에게서 받은 혁명 사상은 소녀가 자라나가는 대로 같이 자라서 여학교 공부를 하는 틈에도 그는 사회과학을 배우기에 게으르지 않았다.

모스크바 유학

그리하여 마침내 배화학교를 중도에 그만두고 열아홉 살 소녀는 붉게 타는 가슴을 안고 1925년 9월 공산당에서 파견하는 유학생에 추천이 되어 일로 모스크바로 향하게 되었다.

모스크바 공산대학에서 3년 수업을 하여 졸업을 하자 상해上海로 그는 나오게 되었다. 모스크바 대학에서의 학창생활을 황금시대로 뒤로하고, 이제부터 혁명가로서의, 투사로서의 여사의 험한 생生의 서막이 열리기 시작하는 것이다.

상해로 나오자 그는 중국공산당에가 가입되어 주은래周恩來 씨며 무정武亭 씨와 손을 잡고 중국공산당의 청년회와 부녀층을 맡아 지도하게 되었다.

그러나 1932년 연락할 것이 있어 조선에 잠입하였다가 일본 주구들의 손에 체포되어 평양형무소에서 7년이라는 중형을 받고 복역하게 되었었다.

이때 오라버니는 서대문 감옥에, 또 동생은 부산형무소에 갇힌 몸들이 되어 오래간만에 고국에 돌아왔건만 그립던 형제들의 얼굴조차 볼 수가 없이 되었었다.

7년의 세월이 흘러 복역이 끝나자 여사는 다시 교묘히 경찰들의 눈을 피하여 해외로 탈출하였다.

팔로군에서 활약

다시 해외로 나온 여사는 천진天津 제남濟南 북경北京 등지로 팔로군八路軍 구역에서 활약하게 되었다.

물샐틈없는 일본군의 경계망과 스파이에게 들키지 않게 하기 위하여 변성명과 변장을 해가며 어쨌든 일본을 타도하기 위해 생명을 내걸고 문자 그대로의 혈투였다. 이름을 갈고 변장을 하고 다니는 때문에 동지들끼리도 몇 해씩 생사를 모르고들 있을 때가 많았다.

처음 상해서 같이 일을 하던 무정武亭 장군은 그 후 죽었다는 정보가 들어와 동지들끼리 장사를 지내 주고 슬퍼 하였는데 이번에 꿈같이 연안延安서 밀사를 내보내 연안으로 들어오라는 기별이 왔던 것이었다.

밀사를 따라 김명시 여장군은 당나귀를 타고 연안을 향해 들어갔다. '서금'에서 연안까지 2만 5천 리 밤과 낮을 이어서 몇 날 몇 밤을 산속으로 산속으로 들어가는것이었다. 인가라고는 도무지 볼 수 없고 오직 감나무와 호두나무가 보일 뿐이었다.

별만이 총총한 이역 하늘 아래 교교한 밤을 나귀에 몸을 의지하고 가노라면 바위 위에 크게 나타나는 글자들이 보인다. "토벌을 가는 길은 도망하기에 가장 좋은 기회다. 어디로든지 빠져나와 우리에게로 오라. 너희를 맞을 준비가 다 되어 있다."

이는 팔로군에서 우리들의 학병學兵들을 부르는 신호이다.

흐르는 달빛 아래 온온히 클로즈업해 나타나는 우리의 꾸문國文 – 공연히 눈물이 죽죽 흐른다.

얼마를 이렇게 가면 토굴에 이르고 토굴에서 조선동포들이 당나귀를 가지고 나와 바꾸어 주며 선물로 가지고 나와 주는 것은 연시(柿)와 좁쌀떡이다. 좁쌀떡에다 연시를 찍어발라 먹으며 다시 또 산속으로 들어간다.

그리하여 마침내 무정 동무를 만났을 때 – 죽은 줄만 알았던 동지가 16년만에 눈앞에 나타나니 말은 막히고 다만 이름할 수 없는 눈물이 앞을 가리는 것이었다.

무정 장군이 김명시 장군을 찾으려고 벌써부터 애를 썼으나 제 이름들을 가지고 다니는 것이 아니고 변성명들을 하고 다니기 때문에 찾을 길이 없었던 것이다.

우연한 기회에 어떤 학병에게서 김명시라는 여자가 팔로군에서 활약을 하고 있다는 말을 듣자 이름은 달랐으나 혹시 그가 김○○가 아닌가 하여 무정 장군은 학병에게 생긴 모습을 물었더니 마침 키가 자

그마 하고 이러이러하게 생긴 분인데 겨울이 되면 언제나 동상凍傷으로 발에다 약을 바르더라는 보고를 듣자 전에 이런 걸 본 일이 있는 무정 장군은 이 여자가 김○○에 틀림없다고 하며 여기까지 데려오라고 했던 것이라고 한다.

무정 장군과의 회견

여기서 무정 장군과 만나 두 동지는 다시 전법戰法을 베려 가지고 여사는 제일선 적구第一線敵區 부대가 되어 다시 전지로 나와 싸움을 하게 되었다.

제일선 적구부대란 가장 위험한 구역이다. 언제나 목숨을 노리는 스파이가 총을 가지고 뒤를 따르는 곳이다. 그러나 남자에게 지지 않는 여사는 언제나 남자 군인들과 똑같은 행동을 하는 것이었다. 나가서 총칼을 들고 싸움을 할 때는 같이 나가 싸움을 하고 군대 숙소로 돌아오면 또 남자들과 같이 산에 올라가 여자 군인들과 더불어 나무를 해오곤 하는 것이었다.

여자 부대는 언제나 김명시 장군이 지휘를 하게 되었다. 병사兵舍에 돌아와 나무들을 해오는데, 군인들이 해오는 나무는 일정한 중량이 있어 가지고 반드시 달아 보는 것이다 그래서 중량이 넘는 나머지 나무는 동리 민가에다 갔다 때라고 주는데, 여자 군인들이 해오는 나뭇짐은 으레 남자들의 것보다 나뭇단이 적어 보인다. 그러나 달아보면 으레 여자들 것이 중량이 많이 나가는 것이었다. 즉 여자들은 차근차

근해서 꼭꼭 쟀기 때문에 보기에는 적어도 실은 많은 것이었다. 그래서 여성이라고해서 무슨 핸디캡을 갖는 것은 군대생활에서 도무지 있을 수 없는 것이다.

일본군이 임종臨終에 가까워 갈 때 최후의 발악이 극심하였다.

따라서 왜군과 팔로군의 싸움은 상당히 격렬한 점이 있었다. 그럼에도 불구하고 최후까지 여사는 총칼을 무릅써 가며 남자들 틈에 끼여 갖은 모험을 다해 가며 맹렬히 싸웠던 것이다. 숱한 학병들과 동무들은 연안으로 연락해 보내며 일방 전투를 하는 것이었다. 위험한 경계선을 거듭 넘으며 팔로군과 일본군의 맹렬한 접전이 전개되었었는데, 이때 일본이 항복하였다는 쾌보가 들려와 싸움을 정지하게 되었던 것이다. 그러자 일군들 중에는 돈을 받고 얼마든지 저들이 쓰든 무기를 내주는 자들을 보게 되었다.

여사는 이 기회에 일본군인들에게서 숱한 무기를 입수하게 되었다. 그러나 산더미같이 뺏어놓은 무기를 나르는 것이 큰일이었다는 것은 싸움은 정지가 되었으나 무장해제는 아직 안 되어 있어 만일에 일본군의 무기를 나르는 것을 알기만 한다면 일촉의 여유도 없이 단말마에 올라 살기가 충천해 있는 일본헌병에게 목이 달아나는 판국이었기 때문이다.

이 아슬아슬한 사선을 몇 번을 왔다갔다 해 넘으며 무기를 나르는 모험을 감행한 것이 우리의 용감한 여장군 김명시 여사였다.

그러자 조선의용군은 조선으로 나가라는 팔로군사령장관 주덕朱德

장군의 명령이 있어 10월 20일 봉천奉天에 총집합들을 하게 되었다.

전지戰地에서 늘 조밥만 먹다가 봉천 와서 갑자기 하얀 쌀밥을 대하니 심심해서 맛이 없었다고 한다. 봉천에 체재해 있으며 11월 7일 로서아 혁명기념일을 맞이하게되어 여기서 장엄한 열병식이 있어 참가하게 되었다. 개선군답게 화려한 군복들을 갖추기는커녕 진지陣地에서 입은 채로 자고 먹고 나가 싸우던 복장의 차림은 군인들이라기보다 흡사 이재민의 모습 그것 같았으나 이것이 장차 가져 올 우리의 조국 조선의 국군의 기초가 될 것이매 이 어찌 장엄한 것이 아니었으랴.

누가 이제도 또 여자더러 약한 자라고 할 것이냐. 해외 풍상 20년 그의 청춘과 정열은 오로지 우리의 원수 일본을 무찌르고 조국의 광복을 가져 오는데 이바지하였다.

얼마나 그동안 고국이 그리웠으랴. 내 땅 내 조국임에도 불구하고 남의 땅을 몰래 딛듯이 바람결같이 몰래몰래 다녀나가다가 불운하여 일본의 주구들에게 잡히면 차디찬 감방에다 몇 해씩 던지고 철문을 채우는 것이 내 조국에 돌아오면 받던 대접이었다. 그러나 일구월심 어떻게 조국을 잊을 수가 있었으랴.

달 밝은 밤 별 쏟아지는 새벽 조국의 태극기를 부둥켜안고 동지들끼리 엉겨 운 적은 그 몇 번이었던고 - 오늘 해방이 되어 떳떳이 내 땅에 발을 딛게 되니 감격의 눈물이 하염없을 뿐이다.

샘골의 천사 최용신 양의 반생半生

지난(1935년) 1월 23일 수원에서 조금 더 들어가는 반월면 천곡리(샘골)라는 곳에서 농촌 사업을 하던 최용신 양이 세상을 떠난 사실이 있다. 새삼스럽게 내가 여기 붓을 드는 것은 그가 세상을 떠났다는 애도의 의미에서나 또는 더욱이 23세라는 꽃다운 시절에 꺾였다는 애달픈 감정에서만이 아니다.

일찍이 세상에는 사업을 한다는 사람들도 많았고 그 중에서도 헌신적으로 하겠다는 사람들도 많았으나 고故 최용신 양같이 참으로 여기에다 제 피를 기울여 붓고 제 뼈를 부수어 넣은 사업가는 아마도 드물리라고 생각되는 동시에 아직껏 그의 사업의 향기를 맡아 보지 못한 분과 이 향기를 나누며 더욱이 농촌사업의 희생이 된 이 선구자의 닦아놓은 길을 계승할 미래의 사업가들을 위해 그의 빛나는 공적을 다시금 살펴 보려는 것이다.

최 양은 본래 원산 태생으로, 일찍이 고향에서 루씨여자고보樓氏女子高等普通學校를 제1호라는 우수한 성적으로 졸업을 하고 남다른 포부를 가슴에 새기며 경성에 올라와 우선 남을 사랑하고 봉사하는 정신을 닦으며 신학교에 입학하였으니 여기서도 그의 존재는 별같이 빛나고 있었다.

신학교에서 농촌으로 실습을 나가는 때는 물론이려니와 방학 때가 되어 남들이 피서를 가느니 원산해수욕을 가느니 하는 무더운 여름이나 추운 겨울에도 최 양만은 쉬지 않고 언제나 그는 외로이 발길을 농촌으로 돌렸다 한다.

이와 같이 재학시대부터 남달리 그 젊은 정열을 오로지 이 땅을 위해 일해 보겠다는 일편단심을 가진 그는 여기저기서 농촌사업을 많이 하다가 신학교를 나오게 되자 경성여자기독청년연합회의 파견을 받아 가지고 1931년 봄에 경기도 수원군 샘골이라는 곳으로 그 사업의 발길을 옮기게 되었다. 시골은 어디나 다를 것 없겠지만 등잔 밑이 어둡다는 격으로 문명의 혜택에서 벗어난 샘골이라는 데는 문자 그대로 미개의 상태였다고 한다.

처음에 그가 여기를 들어섰을 때는 우선 천곡리 교회당을 빌려 가지고 밤에는 번갈아가며 농촌부녀들과 청년들을 모아놓고 가르치고, 낮이면 어린이들을 가르칠 때 배움에 목말라 여기에 모이는 여러 아동의 수효가 백여 명에 달하고 보니 경찰당국에서는 80명 이상 수용해서는 안 된다는 제재가 있게 되자 불가불 그 중에서 80명만을 남기고는 밖으로 내보내야만 할 피치 못할 사정인데, 이 말을 듣는 아이들은 제각기 안 나가겠다고 선생님, 선생님 하며 최 양의 앞으로 다가앉으니 이 중에서 누구를 내보내고 누구를 둘 것이냐? 그는 여기서 뜨거운 눈물을 몰래몰래 씻어가며 어길 수 없는 명령이매 할 수 없이 80명만 남기고는 밖으로 내보내게 되니 아이들 역시 울며울며 문 밖으로는 나갔으나 이 집을 떠나지 못하고 담장으로들 넘겨다보며 이제부터는 매일같이 이 담장에 매달려 넘겨다보며 공부들을 하게 되었다.

이 정경을 보는 최 양은 어떻게든지 해서 저 아이들을 다 수용할 건물을 지어야겠다는 불같은 충동을 받게 되자 그는 농한기를 이용하여 양잠을 하고 양계를 하는 등 할 수 있는 부업을 해 가지고 돈을 좀 만들어서 집을 짓게 되었으니 여름 달 밝은 때를 이용하여 그는 아이들과 들것을 들고 강가로 나가서 모래와 자갈돌들을 날라다가 자기 손으로 손수 흙을 캐며 반죽을 해서 농민들과 같이 천곡학술강습소를 짓게 되었던 것이다.

이것을 짓고 계산을 해보니 약 8백 원이 들었어야 할 것인데, 돈 든 것은 4백 원밖에 되지 않았다 한다. 그리하여 이 천곡강습소의 낙성식을 하면서 그 집을 지으며 고생하던 이야기를 최 양이 하자마자 현장에 모였던 사람들 중에서 수백 원의 기부금을 얻게 되어 그 동안 비용든 것을 갚을 수 있게 되었다.

이리하여 여기서 사업의 재미를 보는 최 양은 밤이나 낮이나 헤아리지 않고 오로지 농민들을 위해 일하다가 천곡리의 흙이 되겠다는 굳은 결심 아래서 연약한 자기 몸도 돌보지 않고 그들과 같이 나가 김을 매고 모낼 때면 발을 벗고 논에 들어가 모를 내를 일까지 다 했다고 한다. 그뿐만 아니라 그는 이 샘골의 의사도 되고 때로는 목사, 재판장, 서기 노릇을 다 겸했었다고 한다.

그래서 동리에서 싸움을 하다가 머리가 깨져도 최선생을 찾고 부부간에 싸움을 하고도 최선생을 찾을 만큼 최양은 그들에게서 절대 신임을 얻게 되고 과연 샘골 농민들에게 있어 그의 존재는 지상의 천사와 같이 그들에게 빛났던 것이다.

최 양은 여기서 좀 더 배워 가지고 와서 그들에게 더 풍부한 것을 주겠다는 마음에서 그는 바로 작년 봄에 고베 신학교로 공부를 더 하러 떠나게 되었었다. 그러나 의외에도 각기병에 걸려 가지고 더 풍부한 양식을 준비하러 갔던 그는 건강만을 해쳐 가지고 작년 가을에 다시 조선으로 나오게 되었을 때 병든 다리를 끌고 제일 먼저 찾아간 곳은 정든 이 샘골이었다.

최 양을 보자 농민들은 "최선생이 아파서 누워 있어도 이곳에만 계셔 주면 우리의 생활은 빛납니다."하며 절대 정양靜養을 요구하는 최양의 몸임에도 불구하고 붙잡고 놓지를 않으므로 여기서 기적적 정력을 얻어 가지고 다시 그들을 위해 일을 하게 되었다.

과연 최용신 양이 이곳에 온 지 만 4년 동안에 천곡리 일대의 인심이나 그 생활에는 놀랄 만한 향상과 진보를 보게 되었던 것이다. 그래서 최 씨가 온 후로 갑자기 변한 이 샘골을 보는 그 근방에 있는 야목리라는 곳에서 하루는 청년들이 최 씨를 찾아와 저의 동리도 좀 지도해 달라고 애걸을 하였다 한다. 그러나 이때 마침 경성연합회에서는 불가불 경비 문제로 한 달에 30원을 주던 것조차 앞으로 못 주겠으며 따라서 여기 농촌사업을 그만두게 되지 않으면 안 될 형편이 되고 또 최씨의 건강도 점점 쇠약해가므로 그는 사업을 중지하고 고향으로 돌아가려 하였다.

그러나 이 농민들의 앞날을 다시 한 번 생각할 때 그는 발을 차마 돌리지 못하고 이리저리 주선한 결과 중지 상태에 있던 천곡리의 농촌사업을 다시 계속하는 동시에 수원고농水原高農학생 유지들에게서 야목리를 위해 한 달에 10원씩 얻기로 되어 그는 두 군데 일을 맡게 되었다.

여기서 그의 약한 몸은 기름 없는 기계와 같이 군소리를 내기 시작했으니 맹장염을 얻어 가지고 남몰래 신음하다가 원체 병이 중태에 빠지매 수원도립병원에 입원을 하곤 복부 수술을 하고 보니 소장이 대장 속으로 들어간 이상한 병이었다. 이때에 촌민들은 2,30리 밖에서까지 들어와서 갈아가며 밤을 새워 간호를 했다니 최 양이 그들에게서 얻은 인망은 가히 짐작하고도 남을 것이다.

병이 위독해짐을 보고 고향에 기별을 하려고 농민들이 물으니 최 양은 끝까지 "이것은 내 개인의 일이니 여러 사람의 일에 방해가 있으면 안 되겠소."하며 편지도 못하게 하므로 우둔한 촌부인들은 아무 데도 이 소식을 알리지 않고 있을 제 그의 은사 황애덕씨가 이 소식을 풍문에 듣고 내려와서 일이 그른 것을 알고 친지들에게 기별을 하니 최 양은 이 때 의사의 말에 의하여 최후수단으로 뼈만 남은 그 몸을 다시 수술대에 오르게 되었으나 만약萬藥이 무효로 최 양은 기어코 1월 23일에 예수가 십자가에 못 박히시며 최후로 하시던 말씀 "주여! 나를 버리시나이까?"를 연발하며 몇 마디의 유언을 남기고 애석히도 괴로운 숨길을 거두고 말았으니 그가 최후로 남긴 말은 이러하였다.

1. 나는 갈지라도 사랑하는 천곡강습소를 영구히 경영하라.

2. 김군과 약혼한 후 10년 되는 금 4월부터 민족을 위하여 사업을 같이 하기로 하였는데 살아나지 못하고 죽으면 어찌하나.

3. 샘골 여러 형제를 두고 어찌 가나.

4. 애처로운 우리 학생들의 전로前路를 어찌하나.

5. 어머님을 두고 가매 몹시 죄송하다.

6. 내가 위독하다고 결코 각처에 전보하지 마라.

7. 유골을 천곡강습소 부근에 묻어주오.

최 양! 과연 어찌 눈을 감았으랴. 이렇듯 못잊는 샘골 농민들을 두고 어찌갔으며 10년을 두고 남달리 사귀었다는 마음의 애인을 마지막 하직하는 그 자리에서도 보지를 못했으니 어찌 눈을 감고 어이 갔으랴!

최 양이 원산 루씨여고보를 마칠 때 그에게는 원산의 명사십리를 배경으로 하고 싹튼 로맨스가 있었으니, 명사십리에 흰 모래를 밟으며 푸른 원산의 바다를 두고 그들의 미래는 굳게굳게 약속되었던 것이다.

그러면 최 양의 마음의 연인은 과연 어떤 사람이었던가? 그 남자 역시 원산사람으로 최 양과 한 동리에서 장래 유망한 씩씩한 청년이었다. 그들이 친구의 계단을 밟아서 일생의 반려자가 될 것을 맹세한 데는 오늘날 보통 청년남녀들에게서는 보기 드문 진실성과 빛나는 것이 있었으니 그들은 오직 이 땅의 일꾼! 우리는 농촌을 개척하자는 거룩한 사업의 동지로서 굳게 그 마음과 마음의 악수가 있었던 것이다.

그리하여 10년 동안 연애를 해오면서도 그 사랑은 식을 줄을 모르고 한 번도 감각적 향락에 취해본 적이 없었다는 것이다. 언제나 대중을 위하여 몸과 마음을 바치자는 것이었다.

그들 역시 젊은 청춘이어늘 남만큼 젊은 가슴에 타는 정열이 없었을 것이냐마는 이 사업을 위해서 이것을 이긴 것이 얼마나 훌륭하고 장한 일이냐! 특히 작년 봄에 최 양이 고베로 공부를 다시 갔을 때 그곳에서 대학에 다니고 있던 그 약혼자는 최 양에게 올해에는 우리도 결혼을 하자고 청했다고 한다. 그러나 어디까지나 이지적이며 대중만을 생각하려는 최 양의 말은 "공부를 더 한다고 들어와 가지고 결혼을 하고 나간다면 이것은 너무나 나 자신만을 생각하는 것이 아니오."하며 거절은 하였으나 약혼자에게 반항하는 미안한 마음에 그렇다고 결혼을 하자니 사업에 방해가 될 것 같은 딜레마에서 그는 무한히 번민했다고 한다.

이번에 최 양이 위독하게 되었을 때 물론 그 약혼자에게도 전보를 쳤다. 이 급보를 받은 K군인들 오죽이나 뛰어오고 싶었으랴! 그러나 원수의 돈으로 살아생전에 나오지를 못하고 천신만고 노자를 변통해 가지고 이 땅에 닿았을 때는 이미 애인 최 양은 관 속에 든 몸이 되었다고 한다.

이를 본 K군은 단지斷指를 하고 관을 뜯어달라고 미칠 듯이 애통해 하였으나 때가 이미 늦었으므로 하는 수 없이 죽은 그 얼굴조차 보지를 못하고 묘지로 향하게 되었을 때 그의 애통해하는 양은 사람의 눈으로 차마 볼 수 없었다. 자기의 외투나마 최 양의 관 위에 덮어달라고 해서 이 외투는 최양과 함께 땅에 묻었다고 한다. 그 남자가 최 양의 무덤을 치며 목메어 하는 말 "용신아! 왜 네게는 여자들이 다 갖는 그 허영심이 왜 좀 더 없었더란 말이냐!"며 정신을 잃었다고 한다.

최 양이 세상을 떠났다는 소문을 듣자 4,50리 밖에서들까지 촌사람들이 모여들어 그의 상여 뒤에는 수백 명의 군중이 뒤를 따라 묘지에까지 갔었다고 한다. 그리고 평소에 최 양이 만지던 물품들을 저마다 가져다두고 "우리 최선생 보듯이 두고 보겠다."고 하며 제각기 울며 빼어가서 나중에는 그의 욧닛 베갯닛 신발까지도 눈물 받은 치마자락에 싸가지고들 부모 상이나 당한 것처럼 비통에 싸여서 그칠 줄을 몰랐다고 하니 지상의 천사가 아니고 무엇이었으랴.

과연 최 양은 미증유의 농촌사업가라고 해도 과언이 아닐 것이다. 23세라는 그 젊은 시절을 오로지 조선의 농촌을 위해 그 피를 기울이고 훌륭한 사업의 열매를 맺어 놓았으니 그는 과연 땅에 떨어진 한 알의 밀알이니 그는 여기서 반드시 새싹을 낼 것이다. 오로지 샘골의 농민들을 위해서 마음과 정신을 다 바치고 육신까지 바쳤건만 그 마음에 다 못한 것이 남아 있음이었던가?

"제가 죽으면 천곡강습소 바로 마주보이는 곳에다 묻어달라."고 유언한 대로 강습소 바로 맞은편에 묻혔으니 만일 그의 영혼이 있다면 언제나 이 천곡강습소를 위해 축복의 손길을 거두지 못할 것이다.

고 최용신 양, 그대는 갔다고 하나 그대가 끼쳐준 위대한 정신이 있으니 어찌 몸이 없어졌다고 그대를 갔다고 하며, 인생 백 년에 비하여 23년은 짧은 적이겠다. 그러나 최 양의 위대한 사업이 있으므로 그대의 일생을 어찌 짧았다고 할 것이냐!

오월의 여왕
- 이정애李貞愛 여사의 1주기를 맞아서

아카시아가 신록에 물들고 모란이 한창 피어나는 무렵 아름다운 여인은 세상을 떠났다. 화려한 여인은 우리와 작별함에 있어 일부러 이러한 멋진 계절을 택하게 해달라고 기도를 했던 것인지도 모른다.

5월 9일이면 어느덧 여사를 장송한 1주기를 맞는 날이다.

이정애 여사는 실로 그의 이목구비가 수려했대서 뿐만 아니라 그의 마음씨가 아름다웠던 고로 친구들은 장미가 꺾이는 아까움을 느꼈던 것이다.

남을 도와주기 좋아하는 그 봉사적 정신은 병자들을 위한 간호사업의 필요를 느꼈으니 어두운 밤과 같던 당시 이 나라 간호계에 여사는 햇불을 들어 주었던 것이다. 여사는 꽃다운 청춘 시절을 몸소 이 간호사업에 적신 실로 한국 간호계의 선구자였다.

또 여사는 이대梨大 사감舍監으로 행림원 간호교육과 과장으로 많은 제자를 길렀으며 그는 또 김활란 총장의 다시없는 내조자가 되었던 것이다. 정사政事를 비롯해 그의 교육사업에 외교면에 끼쳐진 공로는 큰 것으로 나타나지 않으며 숨어서 여사가 우리 대한민국에 끼친 공은 자못 컸던 것이다.

컬럼비아 대학에까지 가서 배우고 온 분이면서도 그는 항시 쪽을 찌는 것으로, 여사가 쪽을 찌는 사상에는 양귀비꽃 같은 조국애가 안 받쳐져 있는 것이었다. 주위 사람들에게 언제나 아늑한 화원을 베풀어 주던 평화의 사도, 그는 동양 여성의 하나의 이상형이었다.

외로운 친구를 위하여 '모나리자의 미소'를 띠며 가까이 걸어가 주던 여사 – 손님을 청하면 그가 좋아하고 싫어하는 음식을 알아 가지고 일일이 그것을 가려먹일 줄 아는 다정다심한 여성이었다.

또 그는 살 줄을 아는 여인이었다.

가회동 김활란 총장 댁엘 가면 지금도 구석구석 갈피갈피 여사의 향기가 그대로 풍겨지고 있다. 건넌방에서, 어쩌면 또 사랑방에서 감리사 치마를 끌며 옥비녀를 꼽고 점잖게 걸어나올 것만 같다. 맺고 끊는 듯한 행동거지에 말은 지극히 힘아리가 없는 독특한 여사의 음성이 어디선가 들려올 것만 같다.

지금쯤 그의 분신이 그의 무덤 위 한 포기 이름 모를 풀이나 꽃가지에 만분지 일의 원소元素로 섞여져 나와 있는지도 모를 일이다.

　사물을 바르게 볼 줄 알던 그 예지와 총명과 아름다운 것을 위해서 남을 위해서 부지런하고 다심하고 참고 견딜 줄 알던 그 숭고한 정신은 다 어떻게 되었을까.

　여사는 이미 가셨으나 여사가 끼치고 가신 가지가지의 유훈은 친구들을 비롯한 그 제자들에게 뿌리를 내리며 살아서 자라고 있다.

　한 폭의 동양화와 같은 아름다운 여사 – 낭자 낀 태도와 함께 아름다운 마음씨는 우리들 마음속에 지울 수 없는 5월의 여왕이며 구원久遠의 여인이다.

　우리들의 훌륭한 스승이요 좋은 친구였던 여사여, 편히 쉬시라.

3

문학론

시詩의 소재에 관하여

오늘 시에 관한 과제를 찾는다면 여러 가지가 있을 줄 안다.

우선 시를 어떻게 쓸 것이냐는 것이 대두擡頭할 수 있겠다.

그러나 나는 오늘 여기서 시의 소재에 관해서 말하고 싶다. 시를 어떻게 좀 다르게 써볼까. 말을 어떡하면 좀더 영롱하게 매만져놓을까, 하는 것보다도 오늘의 과제는 실로 시의 소재가 아닐까 한다. 즉, 무엇을 할까, 시인은 과연 무엇을 노래해야 될 것이냐. 여기 앞서 잠깐 밝혀놓고 지나가야 할 것은 시인이란 직職에 대한 일반의 개념의 시정是正이다.

시인이란 한가한 가운데에서 시를 여기餘技로 주무르는 사람들도 아니고 별유천지에서 꿈을 꾸는 사람들도 아닌 것이다. 당唐나라의 이

태백李太白이가 시를 쓰던 시절이라든지 우리나라에서도 과거에는 그랬을지 모르나 오늘의 시인은 결코 특수부락에서 호흡하는 별난 사람들도 아니며 더욱이 상아탑 속에서 나온 지는 이미 오래다.

시란 특수 유식층의 사치품도 아니요 여기가 아니다. 시인은 마치 기계를 제작해내는 직공과도 같은 것이며 직조공장에서 비단을 짜내는 여공과 다름없는 인류사회에서 시를 지어내는 하나의 직공으로 보아도 좋을 것이다. 그러므로 시인이 시를 쓴다는 일은 결코 여기도 취미사趣味事도 아닌 인생에 대한 준엄한 의무인 것이다.

구두를 닦는 소년이 손이 오리발처럼 얼어 가지고 영하 15도의 혹한을 극복하며 결사적으로 구두를 닦아내듯이, 시장기를 참아가며 때로는 가슴이 꽁꽁 얼어들어오는 고독한 환경에서도 시를 쓰지 않으면 안 되는 것이 오늘의 시인의 임무며 또 시인의 임무여야만 할 줄 안다.

일찍이 시인은 그 어느 시대를 막론하고 그 국민의 선두에 서서 횃불을 들어 그 민족의 나갈 바 옳은 방향을 제시해 주는 예언자였던 것이다. 그 나라와 민족이 평화를 누리는 시대에 있어서도 그러하거든 하물며 한 민족 위에 어떤 무거운 운명이 드리워지고 시인이 숨을 함께 쉬어야 할 그 주위의 현실이라는 것이 불의와 탁한 기운으로 차 있을 때에는, 더구나 시인은 횃불을 높이 들어 주어서 지쳐빠진 군중들로 하여금 발밑이 어두워서 헛딛는 일이 없도록 해 줄 것이며 그들의 귀에 희망과 격려를 불어넣어 주어야 할 것이다.

자연발생적인 영감이나 시신詩神에게서 시를 받아오던 때는 이미 지났다. 오늘의 시인은 그 소재를 찾기 위해 현실 속으로 뛰어들어야만 하겠다. 현실로부터 눈을 감고 나비처럼 피해선 안 된다. 어디까지나 군중 속으로, 시민 속으로, 현실 속으로 들어가야 하겠다. 그래서 골목 안 아주머니의 하찮은 넋두리에도 귀를 기울여 주고 악마구리 끓듯 하는 저 자유시장 상인들의 비평도 들어보는 게 좋으며 때로는 정치가의 호화로움 속에 무겁게 자리한 고독한 얘기에도 귀를 빌려 주는 게 좋다. 그래서 그들의 고민과 의욕을 나타내 주지 않으면 안 될 것이다.

그러므로 시인은 때로 귀족적인 사람들을 위한 아름다운 시를 아끼지도 않지만 보다 더 그 시는 서민들 속에 뿌리를 내려야 할 줄 안다. 이러한 시의 지반地盤이야말로 녹음이 우거진 시의 새 영토가 아닐 수 없다.

20세기 말 이 찬란한 근대 문명의 고개 마루에서 인간으로부터 출발한 근대 문명이 이미 인간을 무시할 지경에 이른 이 메카니즘 속에서 시인이

'간밤에 부던 바람에/ 만정도화滿廷桃花 다 지나거다/ 아희들 비를 들고 쓸으려 하는고야/ 낙환들 꽃이 아니랴 쓸어 무삼하리요.'

라던가 또는

'問餘何事 栖碧山
笑而不答 心自閑
相花流水 ○〔미상〕然去
別有天地 非人間'

오늘의 이태백이식의 현실도피적인 노래를 쓸 수 없는 노릇이다.

시가 특수한 유식층의, 그야말로 하나의 여기로 또 사치품같이 되어 있을 시에는 시의 소재를 찾아서 시인은 동자童子에게 필낭筆囊을 메워 가지고 노새 위에 올라 명산대천을 찾아 떠났던 것이지만 오늘 한국의 시인은 저 남산 밑 월남 동포들의 판잣집이며 영천 산 말랑에 친 천막집 주변으로 가서 시의 소재를 찾아야 할 줄 안다.

우리나라의 오늘의 현실은 이 나라의 시인들이 구름을 노래하고 꽃이나 어루만지고 있는 것을 허용하지는 않는다. 시대적인이 격류 속에서도 언제까지나 시인은 가냘픈 내 노래만을 부르며 도취해 가고 있을 때가 아니라 그보다는 우리의 노래 – 이 민족의 노래를 불러 주어야 할 때인 줄 안다.

장편을 쓰는 소설가가 현지답사를 하는 것처럼 시인은 오늘 자연紫煙이 자욱해 눈을 뜰 수 없는 거리의 다방에서 일어나 나와 새로운 시의 소재를 찾아 현지답사를 떠나야 할 때다.

밖에서는 여물을 먹고 있는 소 입에 고드름이 달리는 판인데 시인이 생각하고 있는 바깥이란 핀트가 맞지 않을 것이다. 좀 더 절박한 현실을 응시하며 풍자하면서 생활의 가능성을 발견해야 할 것이다. 다방의 자욱한 연기 가운데 시인이 파묻혀 있는 한 건전한 아름다운 시는 나오기 어려울 것이다.

그러기에 해방 후 그렇게도 홍수처럼 많은 시집이 쏟아져 나왔고 시인들이 급조되었건만 어쩐 일인지 사람들은 하나도 새 좋은 시를 발견하지 못한 듯이 차라리 소월素月의 시집『진달래꽃』을 끼고 다니며

'나보기가 역겨워 가실 때에는 말없이 고이 보내드리우리다'를 줄줄 쏟으며 다니는 것이었다.

시인은 시인이 오늘 불러야 할 시의 소재가 뒹굴고 있는, 넝마가 널

린 청계천 다리 밑이며 성城 언저리의 빈민굴 부랑아 수용소의 주변들을 답사하며 그 쓰레기통들을 헤쳐 거기서 시인은 아름다운 장미를 피워서 보여 주는 것이 오늘의 한국 시인들의 노래가 되어야 하지 않을까 한다.

소재는 쓰레기통보다 더 추한 것이라도 상관없다. 요는 이 추한 소재를 시인이 아름답게 처리하는 데에 달렸기 때문이다.

─── 1956년 12월 14일, 한국일보

문학의 처녀지處女地로

조선 신문학의 20년사는 이제 그 분수령 위에 도달하였다고 생각한다. 이로부터 신문학의 분수령 위에서 새로이 발원하는 문학의 원천은 혹은 한 줄기, 또는 두 줄기, 세 줄기 가슴 치에서 과거의 대양大洋으로 – 미래의 대양으로 – 혹은 세계의 사조思潮가 파동하는 인류 문명사의 대양으로 그 영향을 새롭게 할 기운이 보이고 있다.

신문학의 제창자이며 선구자인 기성문인들은 저무는 분수령을 넘어서 과거의 바다로 그 행방을 역류하는 경향이 또한 현저하고 있다. 그들은 지나간 역사의 페이지 위에서 산 사실을 그리려고 하고 또한 죽은 사실에서 새로운 삶을 창작하려 한다. 죽은 사실을 그대로 기억하게 하는 것이 사가史家의 임무라 하면 죽은 과거의 사실을 그리려고 하고 또한 죽은 사실에서 새로운 삶을 창작하려 한다.

죽은 사실을 그대로 기억하게 하는 것이 사가의 임무라 하면 죽은 과거의 사실을 현대적 정신으로써 재현하고 영원히 한 민족의 문화 상에서 살게 하는 것은 오로지 문학가의 위대한 예술적 생명이라고 주장한다. (혹자는 기성문인들이 모두 과거를 배경으로써만 소설의 취재를 삼으니 아마 그들은 퇴화하는 것이냐 하고 생각하나 이는 문학의 창작성을 이해하지 못하는 때문이다.)

그러면 기성문인들은 '進夫'라는 새 처녀지를 개척하고 있음을 우리는 허許하고 맡겨 두기로 하자. 그러나 신 처녀지로 개척의 팬을 들 사람들은 누구냐? 그들은 곧 문인이요 혈기 왕성한 30대 작가들이다.

우리는 먼저 역사를 이야기하고 미래를 몽상하기 전에 우리는 시야에 가로 놓인 현실을 비판함으로써 청년문학가다운 임무를 다할 것이라고들 생각한다.

한 개의 '인간', 한 마리의 새, 한 마리의 소, 한 줄기 강물, 한 개의 '공장', 한 개의 '오막살이'를 그리자. 그러나 이는 과거도 아니요 미래도 아닌 우리의 새로이 개척할 예술적 현실이어야 한다. 이 의미에서 나는 문학의 처녀지가 많음을 새로운 동무들에게 이야기한다.

―― 1936년 2월 16일, 조선중앙일보

시詩와 난해성難解性

    시에만 국한될 것이 아니라 범 문학도凡文學道에 있어서 자기 혼자만 음미하련다면 이는 또 별 문제이겠으나 적어도 나 이외의 감정에게 호소하여 본능적으로 동감同感을 구하려는 충동의 발로일진대 그 사상이나 감정의 매개 수단인 그 표현 방식을 구태여 음미하기 어렵도록 고의적故意的 제작 행동을 대할 필요는 도무지 없을 줄 안다.

    될 수 있으면 평이한 그릇에다 고품高品의 것을 담아 주는 것이 좋을 것이다. 그러나 때로는 시대에 앞서서 아직 오지 않은 장래를 예감하고 나아가는 예술적 선각자가 없잖아 있어 그가 산출하는 시대에 앞선 작품은 마침내 독자에게 난해성을 줄 뿐만 아니라 무시 경멸까지를 받으면서 오직 몇 사람의 이해자를 보며 고적한 길을 걸을지도 모른다.

이야말로 불후의 가치를 가진 독창적 행동인 동시에 여러 이해성의 시詩의 진가가 있는 것이다. 그러나 이 이해성에는 두 가지 종류가 있으니 하나는 전자前者와 같은 진가를 가진 보물적 존재요 후자後者는 난해란 그 자체에만 호기심을 가지고 출발하던 가짜의 것이었으니 이는 왕왕 안식眼識이 얕은 독자층을 현혹 충동시키게 되는 것이다.

때로는 후자가 도리어 격렬한 충동을 줄지도 모른다. 근자近者에 와서는 난해성의 시가 자못 유행의 현상을 나타냄을 보는데 이해성 뒤에 숨은 진가가 없이 다만 난해성을 위한 난해성의 시는 아무것도 아닐 게다.

결국 내용이 없이 난해성 그것만이 기교에 사로잡혀 가지고 시이비 시의 기형적 산물은 문자 나열이나 기교적 유희에 지나지 않는다. 시가 시로써의 빛나는 진가는 형식이나 기교가 좌우할 수 없고 시 뒤에 숨은 정말 시가 있어야 할 줄 안다.

—— 1936년 2월 28일, 조선중앙일보

익명匿名 비평의 유행에 대하여

욕설이란 반드시 듣기 싫은 것만도 아니다. 정당한 욕을 점잖게 내놓는 것은 먹고 나서도 모름지기 기분 좋은 일이다.

하나 요새 보면 있는 욕도 다 못할 세상에 엉터리도 없는 험구들을 저급 간행물의 여백을 얻어 익명匿名이란 미농지를 쓰고 함부로 해댄다. 엄연한 사실이거든 일을 끝내 놓고 떳떳이 나서서 욕을 함이 천만번 지당한 태도이련만 숨어서 좀스럽게 긁음은 도대체 무슨 이유일까. 우렁이 껍데기를 구태여 뒤집어쓰는 추태를 떨며 비열한 험구를 하는 일 없는 사람쯤 모를 배도 아니다.

그야 물론 험구가들의 양심도 없고 뱉어놓는 말을 그대로 믿을 사람도 드물 것이니 악에 받쳐 이따위 항사를 일삼아 하고 다니는 친구들은 치지도외置之度外함이 점잖은 태도일 것이나 섣부른 무딘 칼이 가끔 사람을 상하는 것도 사실이니 이따위 유배類輩들은 미농지를 벗기고 떠는 얼굴을 좀 정시正視해 줌이 필요할 것이다.

—— 1935년 10월 16일, 조선중앙일보

우리 예술 확립에로 매진하자

우리는 모든 것을 세계의 분위기 안에서 생장生長시켜야 한다. 금일今日과 같은 사회적 정세에 있어서는 외교화에 대한 접촉을 경계하고 기피하는 것은 도리어 악 결과를 초래할 것이다. 그러므로 우리의 문학도 세계문학의 수준을 향하여 진출하지 않으면 안 될 것이다. 따라서 우리 문학의 질적 향상을 위하여서는 번역문학의 수립이 급무의 하나라 할 것이다.

그러나 신문학 운동이 있은 지 십수 년에 우리도 문학의 각 부문에 있어서 어느 정도의 문을 열어놓았다. 그리하여 우리도 이제 와서는 남의 예술 속에서 탈을 쓰고 생활하지 말고 우리도 우리의 예술을 가지는 동시에 그것을 사랑하여야 할 것이다. 이 말에는 아래와 같이 논박할 사람도 있을는지 모른다.

즉,

"우리가 정당히 세계심을 이해하고 파악할 것은 제諸 외국의 문학
적 작업을 무시하고는 맛볼 수 없는 것이다."라고 ㅡ

이에 나는 또 이렇게 말하고 싶다. 즉 예를 들어서 말하면 오늘 우
리 극단劇壇에서 여전히 외국작품의 번역극을 많이 상연하여 왔다. 다
른 나라의 사회의 탈을 쓰고 무대에서 움직여 왔다. 이에 우리는 과연
얼마나한 느낌이 있었던가? 그것은 대중에게 하등의 매력을 주지 못
하였다. 그러니까 우리는 좋든 나쁘든 우리 작품으로 우리 대중과 가
까워져야 하겠다는 말이다. 그리하여 우리도 우리의 예술을 갖는 동
시에 사랑하자는 것이니 조선을 떠나 온갖 조선적 활동이 불가능하다
는 말을 나는 여기서 긍정하고 싶다.

ㅡㅡ 1935년 6월 22일, 조선중앙일보

한하운 시집 『보리피리』 서평

시집이 많이 나온다는 것과 읽혀진다는 것은 또 하나의 다른 얘기다. 여름 날 길가는 사람들이 샘물을 마시고 가듯이 읽혀지는 시집은 드물기 때문이다.

오래간만에 장장이 시다운 시가 담겨진 귀한 시집을 하나 손에 잡을 수가 있었다. 이것이 〈한하운 시집〉이었다.

처음 날은 다 읽지 않을 수 없었고, 그 다음에는 하루에 한 편 이상을 맛보기로 하며 서서히 음미해 보았다.

보리피리 불며

인환人寰의 거리

인간사 그리워

필 – 닐니리.

보리피리 불며

방랑의 기산하幾山河

눈물의 언덕을 지나

필 – 닐니리

– 「보리피리」에서

보릿대를 꺾어 피리를 만들어 불며불며 정처 없이 인환의 거리와는
멀리 떨어진 길을 가는 천수天囚의 시인 한하운의 모습이 눈에 떠올라
나는 그와 함께 목메어 울지 않을 수 없었다.

이 강산 가을 길에

물 마시고 가보시라.

수정에 서린 이 술을

마시는 산뜻한 상쾌이라

이 강산

도라지 꽃 빛 가을 하늘 아래

빨래는 기어히 백설처럼 바래지고

고추는 태양을 날마다 닮아진다.

– 「국토편력에서」

이 시인은 "나는 문둥이가 아니올시다. 나는 문둥이가 아닌 성한 사

람이올시다"고 정통絶痛하게 부르짖었는데, 그는 분명 성한 누구보다도 성한 시인이다.

「보리피리」「국토편력」「결혼유한結婚有恨」「인골적人骨笛」 등은 다섯 번 여섯 번 읽어도 또 읽고 싶은 시들이다. 시를 공부하는 이들 애호하는 이들 또 인생을 알려는 이들에게 서슴지 않고 나는 시집 『보리피리』를 권한다.

—— 1955년 6월 14일, 동아일보

의제 좌익擬制左翼

　행동을 떠난 사상은 고갈枯渴한 사상이다. 작품의 사상성이란 늘 좋은 행동의 동체를 지어 주는데 갖티가 있다. 만약에 현실에 충실한 사상을 담은 작품이라면 같은 시대의 분위기에 눌려 사는 사람으로서 누가 이에 대하여 둔감할 수 있을 거냐?

　그러나 그 사상은 작품 속에 가장 자연스럽게, 그리고 작자의 깊은 체험과 관조에서 우러나와야 비로소 남의 감정을 흔들어놓을 수가 있을 것이다.

　그런데 머리에서 그려낸 공소空疎한 사상을 부자연스럽게도 억지로 작품에 끼겨 넣음으로써 자못 진보적인 작가인 체 꾸미는 교태는 우스워 보일 뿐만 아니라 제삼자의 불감증을 일으키고 나아가서는 구토까지 일으키게 된다.

　작가는 처세나 명예에 너무 관심하여 없는 의식이나 파派를 가장하

기 전에 보다 더 현실에 충실해야 할 것이다. 독자는 그만한 진짜와 의

제품擬製品을 구별할 만큼은 현명할 것이다.

─── 1935년 10월 23일, 조선중앙일보

4

일기

일기

병상일기

일기

(1956년?) 3월 27일

완전히 하루를 집에 들어앉아 있었다. 머릿속으로 여러 가지를 계획했다.

중요한 계획은 역시 작품에 대한 것이었다. 그런데 도무지 써지지가 않는다. 영감이 내리질 않는다.

캐더린 맨스필드의 일기를 읽었다. 무언지 몰라 압박을 느낀다. 죽음의 위협을 받는 좋지 못한 건상 상태에서도 그의 쉴 새 없이 쓰려는 그 의욕이 내게 많은 훈계를 준다. 열 시에 이층 자기 방엘 올라서 각혈이 심해 가지고 열시 반에 숨을 거두었다 한다. 사람이 죽기 전 30분까지도 이층 같은 데를 올라갈 수 있다는데 나는 놀랐다.

남을 만한 작품을 써 보겠다는 야심과 함께 나는 요즘 돈에 대해서도 또 여기 못지않게 생각하고 있다. 돈 때문에 귀찮은 일이 많기 때문이다. 돈만 있다면 직장엘 나가서 그 마땅치 않은 인간들과 마주앉아 내겐 맞지도 않고 재미도 없는 그 일을 당장에 집어치울 수 있지 않은가? 필요한 책이나 좀 마음대로 사다 쌓아놓고, 혼자 들어앉아 마음 놓고 내 구상을 뻗쳐 나가며 좋은 작품을 쓸 수 있겠는데, 다달이 최소한도로 먹을 것을 벌어야 한다는 사실이 나는 이제 정말 짜증이 나고 싫어졌다. 돈은 가끔 내 긍지까지를 잔인하게 꺾어 주었다.

이즈음에 와서 나는 여러 가지 걱정이 머리 드는 것을 느낀다. 혼자 살아나가는 것을 뭘 그처럼 걱정하느냐는 것은 전혀 모르는 섭섭한 소리들이다. 나는 걱정이 많다.

나는 흉한 꼴을 남에게 보이기 싫다. 한데 그것은 아무래도 나를 향해 걸어오고 있는 것만 같다.

맑은 날씨 하며 따스한 봄 햇살에 밖엘 나오니 당장에 살 것 같다. 나는 확실히 신경쇠약이었다. 나오니 이처럼 바깥세상은 좋은 것을, 집구석에서 그 늙은 할머니를 바라보며 속을 상하고 있었던 것이다. 전에는 이 필운대弼雲臺가 행화촌杏花村이었다는데, 살구나무는 내 눈에 한 그루도 안 보인다.

토박이 서울 사람들이 많이 사는 이 우대 풍경이 그다지 맘에 안 들어 다른 데로 이사를 좀 했으면 하나, 모든 절차와 잡무들이 무서워 내버려둔다. 이런 일에 내가 늙기 싫다.

요즘 세상이 귀찮아 죽었음 좋겠다고 했더니 밥 짓는 할머니는 또 냉큼 "선상님은 세상이 구찮으시나 나는 내 일신이 구찮아. 하루가 급한데…."하고 받는다. 이 말을 듣는 순간 가슴이 찌르르 했다. 양심으로 돌아가 저 불쌍한 노인을 이젠 좀 덜 시켜 먹어야겠다고 생각한다.

뉘 집을 찾느라고 ××동을 헤매면서 예쁜 양관洋館들을 수없이 지나쳤다. 푸른빛으로 파아랗게 단장을 한 울타리며 현관에 수박등이 달려 있는 살기 좋은 집들, 또 벽돌 담장 밖으로 덩굴장미가 휘늘어진 문화주택들을 지나친다.

나는 요 또래의 조그만 양관을 하나 꼭 갖고 싶다. 볕이 잘 드는 이층, 그리고 꽃나무를 심을 수 있을 정도의 정원, 그래서 내가 명상을 하며 밤과 새벽녘에 거닐 수 있는 집이 절실히 요구된다.

이 봄에 나는 확실히 내가 늙어지는 것 같은 것을 느낀다. 홀로 청춘을 다 보내 버렸다. 이 억울한 것은 어디를 가서 따져야 옳으냐?

보석 바구니를 잃은 부인은 최소한도 경찰서라는 하소할 곳이라도 가졌을 것인데, 아침에 머리를 빗으려니 속없이 가리마 복판에 삐딱하니 서는 흰 머리칼을 사정없이 잡아챘다.

쉰일곱에 돌아가신 내 어머니는 그때까지 흰 머리칼이라곤 한 알을 구경 못하고, 우리 이모님도 여든 셋에 돌아가셨는데 어디 흰 머리칼 한 개를 보였으랴? 하건만 나는 친탁을 해서 늘그막에 깜장 머리를 가지고 가긴 틀린 모양이다.

3월 28일

아침 열 시 미사엘 갔다 왔다.

신부님 강론에서 "진실로 믿는 신자라면 죽음은 공포로 맞을 것이 아니고 한없는 즐거움을 가지고 맞아야 할 것이다."라는 말이 귀에 들어왔다. 우리는 죽음이란 생각을 헤치고 영원한 세상으로 기쁘게 뛰어드는 것이라고.

이 점이 내가 늘 의심하던 점이다. 어째서 신부나 수녀들이라면 마땅히 기쁘게 맞아야 할 이 죽음을 그들까지도 교인이 죽었을 때 왜 슬퍼하지 않지 못하는가에 대해서.

D에게 가자던 것이 아침 계획이었으나 내 자존심은 또 인색했다. 그래서 상치를 사려던 일, 꽃집에 가서 바이올렛 화분을 사려던 일은 보기 좋게 중단이 되고 말았다.

자존심! 나는 죽을 때까지 이것으로 해서 내 애정을 한 번도 화려하게 펴 보지는 못할 것 같다. 숱한 경우에 자존심이 나와서 번번이 마귀할멈처럼 해살을 놓았던 것이다.

종일 『피카소와 그의 친구들』을 읽었다.

누가 오든 없다고 하라고 일렀는데도 불구하고 순해빠진 이 늙은이는 또 사람을 들여놨다.

소학교 시절의 친구다. 전라도로 시집을 갔다고 한다. 무척 반가워야 할 친구인데, 20여 년 동안의 격조는 무언지 모르게 그 친구와 내 사이를 거북하게 막아 주는 것이 있었다. 아들이 이번에 대학 시험을 치르러 왔는데 청을 좀 넣어달라는 것이 온 목적이었다.

그가 간 뒤엔 또 복덕방 사람이 왔다. 늙은이는 여전히 나를 불러댔다. 나중에 나는 늙은이를 단단히 나무랐다.
"아, 부득부득 들어오는 걸 나가라구 해요, 어떻게 해요?"
하고 유한 배짱의 대답을 한다.
구렁이가 다 된 그 눈, 느려빠진 그 동작. 저 할머니때문에 내가 정말 얼마나 죄지을 기회를 많이 갖는지 모른다.

신부님 앞에 나가 성사를 볼 때마다 "남을 미워했습니다."고 고죄를
한 가운데 그 몇 할은 저 할머니 때문이었다. 부리는 사람을 잘 만난다
는 것은 하나의 큰 복이다. 이 복은 아무나 못 타는 것 같다. 남편 복이
있는 사람이이런 복도 한꺼번에 타는 것이 아닌가싶다. 어디서 조용
하고 총명한 내 비위에 맞는 계집애를 하나 얻었으면 좋겠다.

4월 2일

X에게 내 시집을 괜히 주었다고 후회한다.

내 시집이 그 집에서 푸대접을 받으며 바늘방석에 올라앉은 것처럼 송구해 할 것을 생각하니 견딜 수가 없다. 시집은 얼마나 나를 원망할까? 그런 곳으로 보내준 것을. 봉건시대에 시집을 잘못 보내준 부모를 원망하는 딸의 얼굴을 나는 상상할 수 있다. 그렇기에 내 책이 나왔을 때 나는 증정할 데를 정말 엄선한다. 이 경우 결코 친불친親不親을 가리는 것이 아니다. 내 책을 성의 있게 읽어 줄 사람이라야 되는 것이다. 책꽂이에 꽂아놓거나 할 사람은 안 된다. 꽂아놓을 책꽂이도 없고 식구들이나 혹은 그 집에 드나드는 객들 손에만 지워진다는 경우도 불쾌하다. 적어도 내 책을 소중히 여겨 주고 거기서 좋은 구절을 하나라도 골라낼 줄 아는 사람이라야 하는 것이다.

몇 푼 되잖는 책 하나를 주면서 끔찍이도 까다롭다고 할 것이지만, 여기 내 얘기는 돈과는 다른 얘기다. 적어도 내 손으로 이 책이 나누어 지는 경우, 이러한 의도에서 행해지는 것인데, 그러한 마음이 약한 나는 가다가 당치 않은 대로 내 책을 보내는 실수를 하는 때가 있다.

이런 실수를 한 뒤의 내가 받는 마음의 괴로움이란 작은 것이 아니다. 책이 그 집에 가서 하찮은 존재가 된다는 것은 마치나 자신이 그 집엘 가서 신통치 않은 대접을 받는 거나 같이 생각이 들어 괴롭기 짝이 없는 노릇이다. 그러고 보면 작품이란 작가 자신의 육체의 일부분이 되어 피가 통하고 있는 것 같기도 하다.

오늘 나는 가톨릭 공회엘 나가 영세를 받았다.

아침에 목욕을 하고 새로 만든 흰 옷을 갈아입고 형님(노기용)을 따라 성당으로 향하는 길은 내게 있어 진실로 처음 갖는 엄숙한 길이었습니다. 수녀님은 내게 화관을 씌워 주시고 신부를 만지듯이 만져 주신 후 본당 신부님에게로 인도를 하셨습니다.

영세를 주신 후 신부님은 장시간에 걸친 강론을 하셨습니다.

천주를 떠나 내 마음대로 헤맨 내 지나온 생에 대한 참회의 눈물이 내 가슴 골짜구니에서 하염없이 흘러 내렸습니다. 늘 돌아가야 할 고향처럼 향수에 차 있던 가톨릭으로 이제사 나는 돌아왔습니다.

3년 전 조카 딸 용자가 임종을 하던 날 아침 바로 그 머리맡에서 나는,

"나도 입교를 하겠다. 그래서 나도 천당엘 가 너를 만나겠다."

고 했더니 용자는 갑자기 희색이 만면해지며, "오늘같이 제가 기쁜 날은 없다."고 하며 그날 정오에 운명을 하였습니다.

그 후 나는 늘 내가 귀여워하던 조카딸과의 이 약속을 못 지키는 것이 은근히 괴로웠었는데, 오늘 나는 이 큰 짐을 벗었습니다.

신부님은 나에게 베로니카라는 본명을 주셨습니다.

베로니카는 예수께서 악당들에게 맞아서 피를 흘리고 넘어져 계실 때 군중 가운데에서 용감히 뛰어나와 제 손수건으로 그 얼굴의 피와 침을 닦아준 성녀의 이름이라고 하시며 이 이름을 내게 주셨습니다. 이제는 당신도 나를 베로니카라고 불러 주십시오. 내가 가졌던 이른 석 자가 정말로 이제는 싫어졌습니다.

요새 나는 S여사를 자주 찾습니다. 그 세련된 교양미가 나를 그에게로 이끄는 것 같습니다.

그 귀족적인 점이며 세련된 회화며 그의 화사스러운 차림을 나는 사랑합니다. 청춘이 당할 수 없는 교양 있는 중년 부인의 미를 나는 확실히 이 S여사에게서 발견합니다.

그는 가끔 부군 R씨에게 대해서 불평을 말합니다. 너무 자기 극작에만 몰두하고 아내에게는 소홀하다는 것이었습니다. S여사는 자못 얘기 중간에서 분노를 합니다. 하나 비둘기 같은 여사에게 있어선 고까마안 눈을 크게 떠 보고 음성을 약간 돋우어 본댔자 아무 효과도 나지가 않습니다.

그는 행복스러운 결혼을 한 것임에 틀림없습니다. 타이론 파워 같다는 막내아들이 벌써 열 살이 되었더군요. 그의 부군 R씨는 예술과 함께 인생에도 성공을 한 분 같습니다. 그렇게 생각지 않으십니까?

사람과 사람 사이의 조화, 특히 이성 간의 성격의 조화란 것은 조그만 차이로써 원만히 될 수가 있는가 하면, 또 조그만 어긋남으로써 상극이 되어 버리는 것 같습니다.

이제 와서 보니 결혼이란 과연 어려운 일같이 보입니다. 결혼을 한 후 별일없이 자녀를 낳곤 살아 나간다는 일이 웬일인지 요즘 와서는 더 큰 성공을 한 사람들 같이 생각이 됩니다.

5월 ×일

그날은 안녕히 돌아가셨습니까? 당신과 헤어진 뒤 나는 차를 다음 거리에서 버리고 아카시아가 늘어선 기인 골목으로 들어서서 혼자 걸었습니다.

물론 끼치는 아카시아의 꽃향기를 코에 맡으며 나는 취한 사람처럼 몸을 끌고 왔습니다. 기나긴 이 고뇌의 밤을 언제까지나 내가 겪어야 합니까?

당신의 모든 고귀한 것을 위하여, 또 나의 모든 고귀하다는 것들을 위하여 나는 아름다운 인종忍從을 메고 왔습니다. 이후도 또 이렇게 지켜야겠고 또 지켜가려 합니다.

당신이 침묵하고 뿜고 또 뿜는 담배 연기 속에서 나는 숱한 당신의 하소를 듣고 또 그보다 무거운 비애를 다 알아 듣습니다.

이런 당신이 내 안에 있는 연고로 내게는 언제나 남 모를 기쁨이 있고 세상은 항시 신록의 세계로 보입니다. 저 연두빛 은행잎도 나를 위해 움돋는 것 같고 저 푸른 하늘도 나만을 위한 것 같을 때가 있습니다.

쓴 것이 이제는 인이 박혀 단 것이 되었습니다. 마치 맥주를 처음 배울 때는 써서 얼굴을 찡그리다가 맥주를 배워놓으면 그 맛이 맛이 있어 먹히듯이.

5월 25일

내가 싫어하는 비가 여기는 이렇게 자주 옵니다.

용정이는 9월 기구祈求를 한다고 비가 오는데 오늘도 새벽 미사엘 갔다 왔습니다. 그때의 신심이 두터운 데에 나는 정말 감심感心합니다. 그 애는 성녀 테레사를 몹시 좋아합니다. 테레사의 『작은 꽃』이라는 책을 재미있게 읽었다고 하며, 그 『작은 꽃』을 구해서 내게 읽혀 주지 못해 애를 쓰고 있습니다. 정말로 나도 열심히 믿어야겠다고 느끼면 서도 아직 나는 그 애만큼 믿음이 두텁지 못합니다.

죽음이 우리 앞에 올 것만을 확실한 일이 아닙니까?

그것이 겨울일는지 여름일는지 언제가 될는지 모르는 일이요, 거리에서 당할는지 어느 산촌 벽지에서 당하게 될는지 혹은 밤중이 될는지, 돌연히 올 것인지, 혹은 무슨 예고가 있고 올 것인지 과연 아무것도 여기 대해서 우리는 알 수가 없습니다.

Y신부님은 말씀하셨습니다.

"우리가 중공군에게 서울을 내놓으며 후퇴를 할 때는 그래도 보따리 하나씩은 다 들고 나왔소. 그러나 우리 영혼이 육신에서 쫓겨날 때에는 보따리가 다 무엇이요. 손수건 반지 하나 몸에 못 붙이고 쫓겨나는 것이요. 그 대신 우리가 세상에서 지은 죄는 하나도 맡기지 못하고 다 걸머지고 가야 한다는 사실을 명심해야 합니다."

엄숙한 일입니다.

신부님은 또 내게 전 세계를 통해 후세가 있는 것을 믿는 사람이 훨씬 많으며, 사후에 후세가 있다는 것을 믿는 사람은 후세가 없다는 사람들보다 문명한 나라 백성들이며, 또 지동설地動說을 발견한 코페르니쿠스며, 과학자 아인슈타인, 전기의 열계산업을 발명한 암페어며, 파스칼이며, 모두 가톨릭 신자였다는 것을 말씀해 주셨습니다.

언제고 기회를 만들어서 당신을 한 번 성당에 인도해드리고 싶습니다.

5월 27일

이 오후에 저는 S부인이랑 또 두셋의 친구와 함께 여기 다대포多大浦라는 곳엘 왔습니다.

다대포는 지극히 평범하고도 고운 제 이름에 맞게 과연 이쁜 어촌입니다. 오다 보면 지금 한창 익은 호박색의 보리밭이 화폭처럼 펼쳐져 있고, 내다보면 허허 바다가 널려 있습니다.

P씨 댁에 들러 우리는 더운 밥에다가 방금 따왔다는 탐스러운 굴회며 가지가지의 생선 반찬을 해서 시장기를 거는데, S부인은 파인애플만을 몇 조각 집고는 배멀미로 얼굴이 하얘져 가지고 누워 버렸습니다.

집 두 채를 팔아서 부부가 한 채 값씩 가지고 호스레이스를 했다가 버렸다는 이 집 주인 P씨 부부의 안내로 바닷가엘 나갔습니다.

달무지 바위에 패인 진흙 길을 골라 다니며 바다로 나가는 길섶엔 와일드 로즈가 무더기로 피어 있습니다. 나는 이 와일드 로즈에 손을 찔려가며 연한 찔레 순을 하나 꺾어 한 친구에게 주었습니다. 신통하게도 그는 그것이 찔레라는 것을 알아보았습니다.

C부인은 난초꽃을 꺾느라고 소녀처럼 이리 뛰고 저리 뛰고 하는 것이었습니다. 산딸기, 어디서 한 가지 꺾어 가지고 와서는 몹시 좋아합니다.

누런 이삭이 겨드랑까지 차는 보리밭들을 지나 우리는 바로 파도가 치는 물가엘 나왔습니다.

아름드리 느티나무 통 같은 물결이 기운차게 밀려들어오는가 하면 내가 선 바위 밑에 와서는 철써덕 부딪고 깨어집니다. 친구들을 앞세워 버리고 나는 혼자서 오랫동안 바다를 향해 섰습니다.

파도가 나를 삼켜갈 듯이 달려듭니다. 나는 하나도 무섭지가 않습니다. 황혼이 지나 차차로 어둠이 들기 시작합니다. 보이지 않는 물결의 파도 소리는 장엄한 교향악이었습니다. 베토벤의 제9교향악보다 훨씬 장엄하게 들립니다.

일행이 들어가자는 소리에 나는 명상을 깨뜨렸습니다.

그들은 제가끔 바다가 좋다고 하고, 시골이 좋다고 하고, 서로의 얼굴이 안 보이는 채 말들이 많았습니다. 나는 아무 말도 하고 싶지가 않았습니다. 물웅덩이에서는 맹꽁이 소리가 요란하고 내 코에는 와일드 로즈의 향기가 세게 들어옵니다.

길을 잘못 들어 남의 무덤을 넘으며 걸었습니다. 풀 위에는 벌써 밤이슬이 내려 종아리에 스칩니다.

불빛이 두어 개 반짝거려 보이는 모양이 동구가 되었나 봅니다. 동구 앞 바다에서는 HLKN의 배에서 저녁 방송이 들려옵니다.

같은 날

며칠 전에 나는 이 해안지대로 왔습니다.

풍세와 자외선이 역시 좀 센 것 같습니다. 바닷물은 심청색입니다.
내 흰 치맛자락을 담그기만 하면 곧 물이 들어 나올 것 같습니다.

나는 사람들을 따라서 좀 있고 싶은 것이 여기 온 목적이라면 목적
일까?

이 어촌에서는 아무도 나를 몰라주어 내가 어떻게나 편안한지 모르
겠습니다. 여기 온 뒤의 내 마음 속은 깨끗이 치워놓은 방안 같아졌습
니다.

아침엔 바닷가에 나가 내 앞에 펼쳐진 바다를 내다보며 몇 시간이
고 묵상을 하고 들어옵니다.

이 동리는 집집이 처마 끝과 담장 위에다 떡들을 널어 말립니다. 남녀를 막론하고 모두 얼굴이 검습니다. 그 대신에 그 건강하고 자신만만한 태도란 또한 보암직합니다.

나는 여기 처녀들을 좀 보았으면 하는데 눈에 잘 띄지 않습니다.

아침저녁이면 여인들이 양철통들을 가지고 물을 길러 갑니다. 옹기동이 이고 물을 길던 고향의 여인네들이 그리워집니다.

바다엘 나갔다가 들어오는 길섶에서 나는 와일드 로즈를 한 아름 꺾어 방안에다 꽂아놨습니다.

꽂아장이를 이렇게 저렇게 모양을 내서 꽂아놓음은 당신 시선을 위한 내 습관적인 정성입니다.

나는 저녁마다 켜 주는 램프 불을 꽂이 싫다 하고 그 대신 창문을 열어놓고 어두운 밤하늘에 널려 있는 무수한 별들을 봅니다.

세상에는 얼마나 많은 고달픈 영들이 떨어진 고도孤島에서, 사나토리움에서, 또는 자유를 뺏긴 철창 속에서 나와 같이 저 별을 바라보고 있을지 모릅니다.

6월 1일

오늘은 성심첨예일이었습니다.

아네스와 아침 미사엘 갔다 왔습니다. 영세를 받은 뒤 오늘 처음으로 나도 고해성사를 했습니다. 지극히 경건한 마음으로 신부님 앞에 나아가 내 죄를 고했습니다.

L신부님은 죄에 대한 보속으로 『봉현경』을 한 번 읽으라고 하셨습니다. 죄를 자주 고하는 생활을 하는 사람은 흰옷을 늘 입는 사람이요, 고해성사를 자주 안 보는 교인은 검정 옷을 착용하는 사람이라고 합니다.

병상일기

1957년 3월 7일

하오 세 시에 입원(위생병원에), 다섯 시쯤 5백 그램 수혈, 두드러기가 돋아 괴로웠음.

8일

아침에 박 선생 예방.

조석朝夕으로 2회 수혈.

9일

낮의 수혈에 48분이나 걸려 불안하다.

돈 걱정. 모든 것들이 걱정이 되더니 밤 자정까지 잠을 이루지 못하여 수면제를 먹다.

10일

낮 두 시경 목욕, 닥터 루우 회진回診, 또 수혈, 불면.

11일

바람 센 맑은 날.

언니(노기용)가 오후에 오셨다. 반가웠다. 오늘 수혈할 것까지 4만환 내놓고 가시다.

이에서 피가 나와 기분이 상했음.

12일

엊저녁에 피를 넣고 참 몸이 편안한 중에 잠을 처음으로 잘 자다.

아침에 기분이 좋아 일곱 시에 산보를 좀 나가겠다고 말했더니, 바깥이 춥다고….

이에서도 피가 멎다.

오후에 언니가 장조림이랑 밤초를 해 갖고 추운데 또 나오시다.

형제밖엔 없는 것. 눈물겨운 정성.

13일

잠 잘 자다.

아침에 혀에 피가 묻다. 또 조금씩 이에서 피가 나다. 내 피가 처음

엔 1백만이던 것이 이젠 341만이 되었다고 한다.(황 간호원)

어젯밤 꿈이 좋더니 기쁜 소식 듣다. 모든 것은 천주님의 은총임을 같이 깨닫다. 꿈에 조경희趙敬姬(시인, 수필가, 동문. 1951년 부역죄로 노천명과 함께 구속되어 사형선고를 받음. 후일 문인들의 무죄탄원으로 석방되었음-편집자)를 보고 통곡을 해 봤더니 어쩌면 오전에 언니랑 반갑게 석영과 함께 달려드는 것일까.

처음으로 기쁘게 웃고 즐거운 시간을 보내다.

언니는 통하면서도 내게는 참 정다웁거든….

이틀 동안은 내게서도 피가 생기나보다고 안 넣다. 처음으로 서무과에 나가 전화를 걸다.

> 노천명의 병상일기는 여기에서 끝났다.
> 이후 병세의 악화로 더 이상 일기를 쓰지 못한 것 같다. 3월 14일로부터 병상에서 악전고투하던 노천명 시인은 이 해 6월 16일에 운명한다.
> 1912년 9월 2일 출생 - 1957년 6월 16일 별세.

부록

노천명 생애(1912-1957)

노천명의 생애 흔적을 찾아서

노천명 생애(1912-1957)

'사슴' 같은 삶을 꿈꾸었으나
'남자'와 '시대'에 모두 버림받은
마흔여섯 해의 삶

민윤기(시인, 문화비평가)

진명여고보와 이화여전 영문과를 졸업한 노천명 시인은 당시로서
는 최고의 신식여성이었다. 뛰어난 글 솜씨와 야무지게 생긴 외모로
뭇 남성들의 가슴을 설레게 만든 노천명.

유년기부터 허약한 신체적 조건으로 스스로 고독을 택했으며, 이
고독이 자신의 운명이 되어 평생을 그 속에 갇혀 살며 언제나 냉소적
인 태도로 홀로 지냈다. 이러한 고독한 모습을 그녀는 자신의 고고한
이미지로 만들기는 하였으나 참으로 힘들게 한 세상을 살아야 했다.
그러나 그의 시만큼은 누가 뭐래도 당대 최고였다.

노천명, 그녀는 너무 일찍 이 세상을 떠났다. 가톨릭으로 귀의하여
'베로니카'라는 영세 명을 받았는데, 베로니카는 예수가 십자가를 메

진명여고보 시절 노천명의 모습(왼쪽)과 이화여전 졸업 사진(가운데), 노천명의 육필

고 로마 군인들에게서 매를 맞고 쓰러졌을 때 예수의 피를 닦아준 바로 그 성녀의 이름이다. 노천명과 베로니카 − 묘한 운명을 예고하는 이름이다.

스무 살 어린나이에 화려하게 문단에 데뷔

노천명은 1912년 9월 1일 황해도 장연에서 출생하였다. 소지주 출신인 아버지가 인천 등지에서 무역업에 손을 대어 성공을 거둔 덕분에 어린 시절 천명은 꽤 유복한 환경에서 자랐다. 위로 아들이 하나 있기는 하였지만 잇달아 딸이 태어나자 부모는 아들 낳기를 바란 나머지 어린 천명에게 사내아이의 옷을 입혀 키웠다.

이것이 어린 노천명으로서는 매우 치욕적이어서 이를 두고 어른이 되어서도 괴로워했다고 한다. 그의 이름은 본래 기선基善이었다. 그러나 6살 때 홍역을 심하게 앓다가 겨우 살아나게 된 것이 '천명天命'

이라 해서 이름을 '천명'으로 개명했다. 특히 한양의 양반집 딸이었던 어머니가 병약한 천명을 위해 『옥루몽玉樓夢』같은 소설을 들려주어 그녀의 문학적 상상력을 자연스럽게 키워 주었다. 노천명은 이런 어머니의 나긋나긋하고 상냥한 한양 말투를 몹시 좋아한다고 언제나 이야기하곤 하였다.

1918년 아버지가 숨지자 온 가족은 서울로 이사를 한다. 노천명은 진명여고보에 진학을 하는데, 그녀와는 전혀 안 어울릴 것 같은 100m 육상선수로 활동을 한다. 물론 공부도 언제나 최상급이었다. 당시 진명의 육상 팀은 전국 최강이었다. 1930년에 이화여전 영문과에 입학할 무렵에 그토록 사랑했던 어머니를 여읜다. 같이 살던 언니마저 판사였던 남편이 진주로 발령이 나 헤어지게 되면서 그는 대학 기숙사에서 기거한다.

그때부터 노천명은 책과 원고지 속에 파묻히게 되고, 1932년 '신동아'에 시 「밤의 찬미」와 「단상」, 수필 「신록」, 소설 「닭 쫓던 개」 등을 발표하면서 스무 살 어린 나이에 화려하게 문단에 데뷔한다. 노천명은 "여자로서가 아니라 그 문재文才 때문에 관심을 받았다"는 평론가들의 평을 들을 정도로 발군의 실력을 인정받은 시인이었다.

삶의 즐거움이여! 삶의 괴로움이여!
이제는 아우성 소리 그쳐진 밤
죽은 듯 다 잠들고 고요한 깊은 밤

미움과 시기의 낙시눈도 감기고

원수와 사랑이 한 가지 코를 고나니

밤은 거룩하여라 이 더러운 땅에서도

이 밤만은 별 반짝이는 저 하늘과

그 깨끗함을- 그 향기를- 겨누나니

오 밤,-거룩한 밤이여

영원히 네 눈을 뜨지 말지니

네가 눈뜨면 고통도 눈 뜨리

밤이여, 네 거룩한 베개를 빼지 말고

고요히 고요히 잠들어 버려라

―노천명의 시 「밤의 찬미」 전문, 1932

대처럼 꺾어질망정 구리 모양 휘어지기 어려운 성격

조선 후기의 뛰어난 학자이며 개혁가인 다산 정약용에게는 시詩짓기 모임 '죽란시사竹欄詩社'가 있었다. 그는 자신의 친한 친구들을 집으로 초대하여 시 짓기 모임을 가지곤 하였는데, 모이는 날짜가 매우 시적이었다. 그들은 '살구꽃이 처음 피면 모이고 / 복숭화꽃이 처음 피면 모이고 / 한여름 참외가 익으면 모이고 / 초가을 서늘할 때 서지西池(서대문 밖에 있던 연못)에서 연꽃 구경을 위해 모이고 / 국화가 피면

모이고 / 겨울철 큰 눈이 내리면 모이고 / 연말에 화분에 심은 매화가
피면 모인다'는 것이었다.

노천명에게도 이런 모임이 있었다. 당시 그녀와 친했던 여류문인들
은 최정희(소설가, 1906~1990), 이선희(소설가·기자, 1911~미상), 모윤숙(시인,
1909~1990) 등이었다. 그들은 "비가 오면 비가 온다고 서로 찾고, 눈이
오면 눈이 온다고 서로 찾았으며, 서로 찾지 못하는 때면 편지로써 마
음을 서로 알렸다"고 했다.

특히 노천명은 소설가 최정희와 깊은 우정을 나누었다. 한국전쟁 1.4
후퇴 때 세간 살림 하나 챙기지 못하면서도 최정희와 주고받은 편지
는 꼭 가지고 피난 갔을 정도였다. 모윤숙은 노천명이 사망하기 며칠
전 집으로 찾아와 자신이 외국 출장이 있으니깐 귀국할 때까지 건강
하게 있으라고 했지만 노천명은 그 약속을 지키지 못하고 먼저 저 세
상으로 갔다.

이렇듯 노천명은 여자들에게는 참으로 다정다감했으나 남자들에게
는 전혀 그러지 않았다. 오죽했으면 조선일보 동료 기자였던 김광섭
(시인, 1905~1977)은 노천명을 "인간으로 보지 않았다"고 할 정도였다.
함께 근무했던 다른 동료 기자들에 의하면 노천명은 비타협적인 성격
때문에 동료와 자주 다툼을 일으켰다고도 한다. 어느 날 노천명이 다
른 기자와 실랑이 끝에 자신의 옷이 찢어진 일이 있었는데, 그녀는 똑
같은 옷감으로 다시 옷을 해 오라고 버티며 몇 년 동안 화해하지 않았

노천명의 조선일보 동료 기
자였던 김광섭

다는 것이다. 또한 그녀는 평소 말이 없다가도 한순간 화를 내면 걷잡
을 수 없었다. 아무리 친한 친구라도 한 번 토라지면 다시는 화해하지
않았다.

물론 노천명은 이런 자신의 성격을 스스로도 잘 알고 있었다. 그래
서 그녀는 시 「자화상」에서 "대처럼 꺾어는 질망정 구리 모양 휘어지
기가 어려운 성격"이라고 했다. 그리고 "몹시 차 보여서 좀체 가까이
하기 어려워한다"라며 "꼭 다문 입은 괴로움을 내뿜기보다 흔히는 혼
자 삼켜버리는 서글픈 버릇이 있다"라고 쓰기도 했다.

대자 한 치 오 푼 키에 두 치가 모자라는
불만이 있다. 부얼부얼한 맛은 전혀
잊어버린 얼굴이다.
몹시 차 보여서 좀체로 가까이 하기를
어려워한다. 그린 듯 숱한 눈썹도

큼직한 눈에는 어울리는 듯도 싶다 만은-

전시대 같으면 환영을 받았을 만한 삼단

같은 머리는 클럼지한 손에 예술품

답지 않게 얹혀져 가냘픈 몸에

무게를 준다. 조그마한 거리낌에도

밤잠을 못자고 괴로워하는 성미는

살이 머물지 못하게 학대를 했다

꼭 다문 입은 괴로움을 내뿜기보다

흔히는 혼자 삼켜 버리는 서글픈

버릇이 있다. 세 온스의 살만

더 있어도 무척 생색나게 내 얼굴에

쓸데가 있는 것을 잘 알지만 무디지

못한 성격과는 타협하기가 어렵다

처신을 하는 데는 산도야지처럼

대담하지 못하고 조그만 유언

비어에도 비겁하게 삼가 한다

대처럼 꺾어는 질망정 구리 모양

휘어지기가 어려운 성격은 가끔

자신을 괴롭힌다

―노천명의 시 「자화상」 전문, 1934

노천명 생애(1912-1957)

그런데 아이러니하게도 노천명의 이런 성격이 오히려 남자들에게는 주목을 받았다. 당시 조선일부 학예부장이었던 김기림(시인, 1908~?)은 그에게 마음을 두고 청혼을 하였다. 하지만 노천명은 단칼에 거절했다. 눈 내리는 어느 겨울밤 노천명의 집을 찾아간 김기림은 밤 늦도록 문을 두드리며 노천명이 나오기를 기다렸으나 끝내 나오지 않자 눈 위에 발자국만 남기고 돌아갔다. 이 일에 대해 훗날 최정희는 "구두 발자국은 댓돌 앞까지 왔다가 되돌아나갔다"며 "그래서 나는 김기림 씨 하면 시보다 그날 눈 위에 발자국을 남긴 일부터 먼저 떠오른다"고 회고하기도 했다.

그래도 그가 사랑했던 세 명의 남자

이렇듯 남자들을 까칠하게 대했던 노천명도 분명 여자였다. 1938년 스물일곱의 노천명은 문인들이 출연하는 연극 무대에 서게 된다. 이 해에 그는 최정희가 사표를 냄으로써 공석이 된 조선일보 발행 월간잡지 '여성'에서 근무한다. 이 무렵 극예술연구회에 참여, 러시아의 극작가 안톤 체호프의 〈앵화원櫻花園, 벚꽃동산〉에서 모윤숙이 맡은 라네프스카야 부인의 딸 아냐 역을 맡아 연극 무대에 섰다. 이날 무대에서 노천명이 열연하는 모습을 지켜보던 보성전문 경제학과 교수

김광진(1902~1986)은 그만 노천명에게 반하게 된다. 김광진은 연극이 끝나자 노천명에게 꽃다발을 전했고 이것이 인연이 되었다. 노천명은 시인 김기림의 구애도 칼같이 거절했을 만큼 까칠하고 도도한 성격의 소유자였으나 의외로 김광진의 구애에는 흔쾌히 마음을 열었다. 처음 만난 두 사람은 이내 사랑에 빠져 결혼까지 약속했으나 안타깝게도 김광진에게는 이미 아내가 있었다.

김광진은 노천명에게, 아내와 이혼하겠다고 약속하였다. 그러나 김광진은 노천명에게 돌아오지 않았다. 당시 서른여섯 살이었던 김광진은 아내와의 이혼을 하지 못해 돌아오지 않은 것이 아니라 왕수복(1917~2003)이라는 당대 최고의 가수와 사귀기 시작했기 때문이었다. 전형적인 양다리 연애였다. 왕수복은 1935년 실시된 가수 인기투표에서 '목포의 눈물'로 유명한 이난영을 3위로 밀어내고 1위를 차지했을 만큼 최고의 인기를 누리던 스타였다. 그녀는 기생 출신이지만 일본으로 유학을 떠나 음악을 공부하여 성악가가 되었다. 15살이나 어리고 예쁜 왕수복에게 김광진은 푹 빠지고 말았다. 결국 노천명의 첫사랑은 실패로 끝나고 만 것이다.

해방 후 김광진과 왕수복은 동반 월북을 한다. 김광진은 김일성대학에서 경제학 교수로 근무하면서 김일성의 총애를 받았고, 왕수복은 북한에서 유명한 성악가로 활동하면서 공훈배우가 되어, 노력훈장을 비롯한 훈장과 메달을 받았다. 1997년 팔십 세 생일 때는 북한 김정일의 배려로 '왕수복 민요독창회'를 열 정도로 유명한 성악가가 되었다.

이런 상처를 입었는데도 노천명은 다시 두 번째 사랑을 하게 된다. 어느 파티에서 이성실이라는 남자를 만난다. 이성실은 1930년대에 큰 인기를 얻었던 '고향의 하늘' '울지는 않아요' '방랑자의 노래' 등을 작곡한 작곡가 겸 가수였다. 파티가 끝나고 나오는데 비가 내리기 시작했다. 마침 우산을 가지고 있던 이성실은 노

천명과 같이 우산을 쓰고 비를 피하면서 많은 대화를 나누었다.

이날 이후로 두 사람은 자주 만나기 시작한다. 하지만 어쩌랴. 이성실 역시 유부남이었다. 김광진처럼 이성실도 아내가 있다는 사실을 알게 된 노천명은 두 번 다시 같은 실수를 반복하지 않기 위해 눈물을 머금고 이별을 선택한다.

그 무렵 노천명은 안국동에 살던 집을 언니에게 내주고 누하동에 집을 사기 전이어서 옥인동에 사는 김수임(1911~1950)의 집에 기거하고 있었다. 잘 알려진 것처럼 김수임은 일제 강점기와 군정시대의 공산주의자이며 간첩 혐의로 사형당한 여성이다. 그런데 김수임은 노천명이 평양에서 김광진과 만날 때 함께 자주 어울린 사람 중 한 명이다. 아무튼 노천명을 잊지 못한 이성실은 밤이면 밤마다 옥인동 김수임의 집에 찾아와 노천명을 만나려 했으나 끝내 노천명은 만나 주지 않았다.

그리고 세 번째 사랑의 주인공은 (이것은 필자의 추측이기는 하지만) 그 유명한 시인 백석(1912~1996)이다. 이화여전 동기인 모윤숙과 선배 기자이자 친구였던 최정희, 동료기자 이선희와 함께 백석을 자주 만났다. 이 네 사람은 입을 모아 백석을 '사슴'이라고 불렀다. 잘 생기고, 잘 배우고, 유능한 백석에게 반하지 않을 리가 없었다. 그래서 항간에는 노천명의 대표작으로 평가되는 시 「사슴」은 백석을 위한 것이라는 평판도 있었다. 백석이 근무했던 영생고보 1939년 졸업생인 김희모 씨는 이렇게 증언하고 있다.

"백석 선생님은 너무도 잘생긴 모습에 반할 정도였다. 머리는 올백을 하고 연회색의 산뜻한 양복을 입은 모습이었다. 당시에 학교 선생들은 사회의 지도층 인사였기 때문에 존경을 받았지만, 나이 어린 백석 선생님은 시인으로, 그리고 그 외모로 더욱 유명했다."

이렇듯 백석은 여성들로부터 많은 인기를 받았다. 당시 모윤숙은 백석을 이상형으로 생각한다고 했고, 노천명 역시 그를 바람직한 시인의 모델이면서 자신의 이상형으로 생각했다고 말한 적이 있다.

모가지가 길어서 슬픈 짐승이여
언제나 점잖은 편 말이 없구나
관이 향기로운 너는
무척 높은 족속이었나 보다

물속의 제 그림자를 들여다보고

잃었던 전설을 생각해 내고는

어찌할 수 없는 향수에

슬픈 모가지를 하고 먼 데 산을 바라본다

─노천명의 시 「사슴」 전문, 1938

친일의 흔적은 지울 수 없고…

노천명은 1942년에 1938년부터 근무하던 조선일보를 그만둔다. 조선총독부에 의해 '조선', '동아' 두 민족지가 폐간 당했기 때문이었다.

하루아침에 직장을 잃게 된 노천명이 1943년 다시 취직한 곳은 조선총독부 기관지인 '매일신보'였다. 밥벌이를 위해 취직한 이 '매일신보'가 노천명에게 주홍글씨를 안겨준 친일의 빌미가 되었다. 애초부터 매일신보에 입사하지 않았다면 친일과는 거리가 있었을 것이다. 총독부 기관지 '매일신보' 학예부 기자로 근무하였기 때문에 (쫓겨나지 않기 위해)「승전하는 날」「출정하는 동생에게」「진혼가」 같은 여러 편의 친일 시를 발표해야 했을 것이다.

노천명이 친일 시를 발표했다는 것을 알게 된 많은 사람들은 충격을 받았다. 그렇게도 도도하고, 까칠한 성격의 그가 식민지 권력 앞에서는 한없이 부드럽고 겸손했다며 비난을 퍼부었다. 그러나 목소리가 작기는 했지만 또 다른 사람들은 '권력형 친일'이 아니라 '생계형 친일'이라고 옹호하기도 했다. 그들의 결론은, 노천명은 '어쩔 수 없이'

친일을 했다는 것이다.

　1950년 한국전쟁이 터지면서 노천명은 다시 일생일대 삶의 위기를
맞이한다. 미처 피난을 가지 못한 그는 서울에 남는다. 어느 날, 해방
이 되자마자 월북했다가 북한군과 함께 서울에 나타난 친구 임 화(시
인, 평론가 1908~1953)와 김사량(소설가, 1914~1950) 등을 만나게 된다. 예전
부터 그들과는 잘 아는 사이였던 노천명은 그들의 권유로 '조선문학
가동맹'에 가입하게 된다. 그 결과 인천상륙작전의 성공으로 서울이
수복된 다음 노천명은, 이번에는 공산당 부역 활동을 했다는 협의로
군사법정에 서는 신세가 되었다. 검찰은 사형을 구형하였으나 20년
형 선고를 받았다. 심한 고문과 협박, 감옥이라는 열악한 환경에서 노
천명은 지칠 대로 지쳐 몸과 마음을 추스를 수 없을 만큼 깊은 절망에

부산 피난 시절 부산방송국에서 방송을 진행하고 있는 노천명.

사로잡혀 버렸다.

얼마 후 노천명은 당시 이승만 대통령 비서관으로 근무하던 시인 김광섭에게 "3월 2일까지 나를 구하라"라는 명령 투의 편지를 보냈다. 김광섭은 조선일보에서 동료 기자로 함께 근무한 적도 있고, 또 노천명의 누하동 집에 셋방을 살기도 했었기 때문에 무례한 편지를 보낼 수 있었던 것이다.

노천명의 편지를 받은 김광섭은 이헌구(평론가, 1905~1982), 김상용(시인, 1902~1951) 등과 함께 석방건의문을 작성하여 이승만 대통령에게 전달하였다. 결국 이승만 대통령에게서 '석방하라'는 '晩만'자 사인을 받아 6개월 만에 석방이 되었다. 감옥에서 나온 후 노천명은 그때의 뼈저린 체험을 표현한 듯한 「이름 없는 여인이 되어」라는 시를 발표하기도 하였다.

어느 조그만 산골로 들어가
나는 이름 없는 여인이 되고 싶소
초가지붕에 박넝쿨 올리고
삼밭엔 오이랑 호박을 놓고
들장미로 울타리를 엮어
마당엔 하늘을 욕심껏 들여놓고
밤이면 실컷 별을 안고

부엉이가 우는 밤도 내사 외롭지 않겠소

기차가 지나가 버리는 마을

놋양푼에 수수엿을 녹여 먹으며

내 좋은 사람과 밤이 늦도록

여우 나는 산골 얘기를 하면

삽살개는 달을 짖고

나는 여왕보다 더 행복하겠소

─노천명의 시 「이름 없는 여인이 되어」 전문, 1953

가족도 없이 양딸 옆에서 숨을 거두다

노천명은 내성적일뿐만 아니라 오만할 정도로 자존심이 강했다. 그
래서 당연히 친구가 별로 없었다. 해방 전 첫사랑의 남자 김광진과 헤
어진 후 오랫동안 '인자'라는 이름을 가진 여자아이를 양녀로 삼아 누
하동 집에서 함께 살았다. 그런데 인자가 몰래 뒤주에서 자주 쌀을 꺼
내어 엿을 바꾸어 먹는 것을 알고는 노천명은 크게 화를 내어 인자를
친척집으로 보내 버렸다. 그러나 며칠 지나지 않아 그 딸이 너무 보고
싶어 친척집으로 가서 울며불며 인자를 다시 데려온 일도 있었다. 인
자는 노천명이 숨을 거두는 순간까지 곁에 있었다.

노천명은, 공병우 안과의사의 부인인 된 진명여학교 동기 이용희와
는 아주 각별하게 지냈다. 두 사람은 옛 국회의사당이었던 부민관(현재
서울시의회 건물) 앞에 있는 '청조'다방에서 자주 만나 대화를 나누곤 하

였다. 한 번은 이용희에게 "내가 너만 큼 생겼다면 내 글은 장안에 화제가 될 터인데"라고 말했다는데, 이는 노천명 이 어렸을 적에 마마를 앓아서 얼굴에 희미한 마마자국이 있었기 때문에 이 런 이야기를 했을 것이다. 노천명에 비 해 이용희는 굉장한 미인이었다.

영정에 쓰인 것으로 알려진 노천명 사진

노천명은 모교인 이화여대의 『이화 70년사』 간행 작업을 하면서 과 로하여 크게 건강을 상했다. 이것이 사망의 원인遠因이었다. 1957년 3 월경에 자신이 차고 있던 시계가 고장이 나자 노천명은 종로에 있는 한 시계방에 들러 시계 수리를 부탁하다가 그곳에서 쓰러졌다. 진단 은 '재생 불량성 빈혈'이었는데, 이것이 '백혈병'이라는 불치병이었 다. 극심한 생활고 속에서 병이 깊어가면서도 자존심이 강한 노천명 은 지인들의 도움조차 거절하며 오로지 원고료만으로 자신의 병원비 를 스스로 감당했다. 그토록 도도했으며 고고했던 노천명은 결국 회 복하지 못하고 1957년 6월 16일 누하동 집에서 마흔 여섯의 짧은 생을 마감하고 말았다.

노천명의 생애 흔적을 찾아서

민윤기 (시인, 문화비평가)

노천명 묘소를 찾아 헤매다

노천명 시인의 묘를 찾는 데 무척 애를 먹었다. 인터넷에 '노천명 묘소'를 검색하면 그 위치가 '파주 장명산 아래'라거나 '고양 벽제동 가회동 천주교 묘'라고 나오는데 모두 정확하지 않은 자료들이다. 정확한 위치는 '고양시 대자동 천주교 묘지'이다. 조금 더 자세하게 설명하면 중부대학교 고양캠퍼스 앞을 지나 도로가 '역C자' 방향으로 굽어지는 지점의 오른쪽 마을길로 들어서면 천주교 묘지로 올라가는 길이 있다. 마을에서 한 10여 분 골짜기로 들어가 승용차용 도로가 끝나는 지점에서 골짜기 가운데 여러 묘들을 지나서 위로 올라가면 거의 정상 가까운 곳에 노천명 묘소가 있다. 묘소 위쪽 고개 너머는 올림픽 CC 골프장이다.

묘는 전망 좋은 곳에 자리잡았다. 육안으로도 멀리 여의도 쌍둥이

노천명의 묘는 경기도 고양시 대자동 '천주교 묘지'에 있다. '노천명 묘소' 위치를 검색했더니 부정확한 정보가 너무 많았다. '파주 장명선 아래' '고양 벽제동 가회동 천주교 묘' 등등. 세 분의 묘 중 가운데가 노천명, 왼쪽은 언니 노기용, 오른쪽은 형부 최변호사 묘다.

빌딩이 보일 정도였다. 묘소의 형식이 독특하였다. 건축가 김중업이 디자인하고 서예가 김충현의 글씨로 시비를 새겼다. 가운데 돌로 만든 사각형 묘가 노천명 시인의 묘이고 그 왼쪽에는 생전에 유난히 우애가 깊었던 언니 노기용, 오른쪽에는 노기용의 남편 최두환 변호사의 묘가 나란히 있다. 그리고 묘비석 뒷면에는 그의 시 「고별」의 한 구절이 새겨져 있다.

어제 나에게 찬사와 꽃다발을 던지고
우레 같은 박수를 보내주던 인사들
오늘은 멸시의 눈초리로 혹은 무심히

내 앞을 지나쳐버린다

청춘을 바친 이 땅

오늘 내 머리에는 용수가 씌워졌다

(중략)

눈물 어린 얼굴을 돌이키고

나는 이곳을 떠나련다

개 짖는 마을들아

닭이 새벽을 알리는 촌가村家들아

잘 있거라

별이 있고

하늘이 보이고

거기 자유가 닫히지 않는 곳이라면

이 시는 6.25전쟁 기간 동안 피난 가지 못하고 서울에 남았다가 '조선문학가동맹'에 가입하여 공산군에 부역 활동한 죄목으로 감옥에 갇혀 있을 때 쓴 시이다. 믿었던 사람들에게서 잊혀지고 무심한 존재가 되어 버린 자신이 얼마나 서러웠으면 '고별'이라는 절연絶緣의 시를 썼을까.

노천명 묘소에서 확인한 사실 하나. 노천명의 사망일자는 6월 16일이다. 네이버 인물사전은 물론 구글 인물정보, 하다못해 위키피디아

노천명의 시 「고별」 중 9행이 묘비 시에 새겨져 있다. "눈물 어린 얼굴을 돌이키고/ 나는 이곳을 떠나련다/ 개 짖는 마을들아/ 닭이 새벽을 알리는 촌가들아/ 잘 있거라// 별이 있고/ 하늘이 보이고/ 거기 자유가 닫혀지지 않는 곳이라면"

까지 '노천명 사망 1957년 12월 10일'로 나와 있다.

노천명 시인이 사망한 이튿날 경향신문은 다음과 같은 부음訃音을 전했다.

여류시인 노천명 여사는 숙환인 빈혈증으로 3개월 여를 병석에서 신음하다가 16일 상오 1시 30분 서울 누하동 225의 1 자택에서 향년 46세를 일기로 애석하게도 별세하였다.
– 1957년 6월 17일자 경향신문

쓰다가 중단한 마지막 투병일기

노천명 시인이 쓰러진 것은 1957년 3월 7일이었다. 오랫동안 차고

노천명의 부음이 실린 경향신문 1957년 6월 17일자

다니던 손목시계가 갑자기 가지 않게 되자 종로에 있던 단골 시계방으로 시계를 고치러갔다가 그만 길에서 쓰러진 것이다. 시인은 곧장 위생병원으로 실려갔다. 병명은 '재생불능성빈혈'이었는데, 여기에다 영양실조까지 겹쳐 병세는 최악이었다. 그런데 평생 친구인 진명여고 동기 이용희가 입원했다는 소식을 듣고 문병하러 가서 보니 위독하다는 환자는 병원비를 벌기 위해 병실 벽에 원고지를 대고 글을 쓰고 있었다. 그러면서도 노천명은 '민폐를 끼칠 수 없다면서' 지인들의 도움을 한사코 거절하였다.

3월 7일, 오후 세 시에 입원(위생병원에), 다섯 시쯤 5백 그램 수혈, 두드러기가 돋아 괴로웠음.

8일, 아침에 박 선생 예방. 조석朝夕으로 2회 수혈.

9일, 낮의 수혈에 48분이나 걸려 불안하다. 돈 걱정. 모든 것들이 걱정이 되더니 밤 자정까지 잠을 이루지 못하여 수면제를 먹다.

10일, 낮 두 시경 목욕, 닥터 루우 회진, 또 수혈, 불면.

11일, 바람 센 맑은 날. 언니가 오후에 오셨다. 반가웠다. 오늘 수혈할 것까지 4만환 내놓고 가시다. 이에서 피가 나와 기분이 상했음.

12일, 엊저녁에 피를 넣고 참 몸이 편안한 중에 잠을 처음으로 잘 자다. 아침에 기분이 좋아 일곱 시에 산보를 좀 나가겠다고 말했더니, 바깥이 춥다고. 이에서도 피가 멎다. 오후에 언니가 장조림이랑 밤초를 해 갖고 추운데 또 나오시다. 형제밖엔 없는 것. 눈물겨운 정성.

노천명 시인이 위생병원에 입원한 날부터 작성한 병상일기인데, 3월 13일에 끝나 있다. 더 이상 쓰지 못한 것이다. 마지막 병상 일기를 쓴 지 두 달 3일째 새벽 한 시 반에 시인은 영영 돌아올 수 없는 먼 곳으로 떠나고 말았다.

노천명 시인은 죽은 장소는 병원이 아니라 누하동 집이었다. 노천명 시인이 죽었을 때 가장 먼저 찾아간 이는 독실한 카톨릭 신자였던 김홍섭 판사였다. 미사를 마치고 혼자 살다가 죽은 교우의 집으로 연도煉禱를 가게 되었다. 이는 저 세상으로 떠난 교우들을 위해 기도해 주는 카톨릭 평신자들의 활동의 하나였다. 김 판사는 필운동 골목을 더듬어 골목 끝에 있는 작은 집의 어둠침침하고 좁은 방으로 들어갔다. 김 판사가 찾아간 사람은 바로 혼자 살던 노천명 시인이었다. 시인은 아랫목 한 겹 요 위 엷은 이불에 덮여 단정히 눕혀져 있었다. 방 안

서울 종로구 누하동 225-1(도로명 주소 필운대로 26-21). 노천명이 1957년 6월 16일 평생 독신으로 외롭게 살다가 죽은 집이다. 2018년까지는 생가가 '서울문화유산'으로 남아 보존되고 있었다. 현재는 '이화한옥'이라는 게스트하우스로 변했다.

에는 몇 권의 책들과 앉은뱅이책상이 시인이 남긴 전 재산이었다.

노천명 생가의 낯선 '미래유산' 현판

노천명은 생애 마지막 순간까지 누하동 225-1번지 작은 한옥에 살았다. 이 집은 현재 개축하여 게스트하우스가 되어 있다. 최근에 '서촌마을'이라고 유명해진 통인동 소재 '이상의 집' 앞에서 몇 걸음만 더 들어가면 '라파엘의 집'이라는 간판이 걸린 가게 앞 골목으로 나 있는 막다른 골목에 있다. 얼마 전까지는 '미래유산'이라는 작은 현판이 대문에 붙여져 있었다.

김남조 시인이 조시를 읽고…

노천명 시인은 생전 가회동 성당엘 다녔다. 그래서 장례식은 카톨
릭식으로, 6월 18일 명동성당에서 '문인장'으로 거행되었다. 장의위
원장은 변영로 시인이 맡았고, 작가 박화성과 이대교수였던 이헌구가
조사를, 시인 구상과 김남조가 조시를 읽었다. 또한 평생지기였던 작
가 최정희가 울면서 시인의 약력을 소개하였고 수필가 전숙희가 노천
명의 유작을 읽어 내려갔다. 장례식 후 중곡동에 있던 천주교 묘지에
안장했다가 재개발로 묘지 일대가 주택지로 바뀌게 되자 묘소는 경기
고양시 대자동 천주교 묘지 현재의 장소로 이장하였다.

'여기자'라는 직업

1934년 이화여전 영문과를 '우수한'성적으로 졸업한 노천명에게는
오라는 신문사가 여러 군데 있었다. 그 중에서 노천명은 '조선중앙일
보'를 선택하였다. 안국동에서 살고 있었기 때문에 집과 가까운 거리
에 있는 조선중앙일보를 선택했을 것이다. 조선중앙일보 사옥은 현재
그 모습 그대로 농협이 사용 중이다. 조선중앙일보 학예부 기자로 노
천명은 4년간 근무했다. 신문기자 생활이 답답했던지 노천명은 1937
년 조선중앙일보를 사직하고 한동안 북간도, 용정, 이두구, 연길 등 만
주 지역 여행을 하고 돌아왔다.

여행에서 돌아와 1938년 노천명은 조선일보 출판부 '여성'으로 들
어갔다. 친구 최정희가 시인 김동환이 운영하는 잡지사 '삼천리'로 직

노천명 시인은 6.25한국전쟁 기간 중 부산 피난 시절 험한 꼴을 당한 후 가톨릭에 귀의하여 신자가 되었고 서울로 돌아온 후에는 평생 가회동성당에 다녔다. 본명은 베로니카.

노천명이 이화여전 영문과 졸업 후 첫 직장은 조선중앙일보 기자였다. 붉은 벽돌 건물인 조선중앙일보 사옥은 원래 모습이 그대로 잘 보존되어 현재 농협이 사용하고 있다.

장을 옮기는 통에 공석이 된 자리였다. 제2차 세계대전, 이른바 '대동
아전쟁'이 치열해지자 조선총독부는 1940년 말에 '조선' '동아' 등 우
리말로 발행되던 민족지들을 강제로 폐간하게 되자 노천명은 졸지에
실업자가 되었다. 생계를 위해 다시 취직을 해야 했는데, 우리말 신문
은 '매일신보'가 유일하였다. 조선총독부 기관지였기 때문이다.

노천명 시인에게는 선택지가 없어 보였다. 결국 '매일신보' 학예
부 기자로 취직하였다. 조선총독부 기관지 기자로 밥 먹는 문제는 해
결했으나 일제를 찬양하고 대동아전쟁의 당위성을 옹호하는, 이른바
'친일 시'를 발표하는 일은 피할 수 없었다. 참으로 「사슴」의 시인으로
고고한 삶을 꿈꾼 노천명으로서는 불행하고 안타까운 현실이었다. 이
매일신보는 8.15 해방이 된 후 '서울신문'으로 제호를 바꿔 그 자리에
서 그대로 신문발행을 지속하고 있다.

7년간 중앙방송국 촉탁 근무

1957년 사망할 때까지 노천명 시인은 남산에 있던 중앙방송국KBS
에 근무하는 한편 틈틈이 서라벌예대, 이화여대 등에 강사로 출강하
였다. 방송국에서 노천명 시인이 맡았던 일이 PD였는지 행정직이었
는지는 구체적으로 알 수 없다.

노천명 시인이 방송국에서 일한 것은 1951년부터 1957년 사망할 때
까지 7년간이다. 공산당을 도왔다는 부역죄로 부산형무소에서 복역하
다가 석방된 후 노천명 시인은 곧장 부산 피난지에서 방송을 하고 있

노천명 시인이 근무하던 남산 중앙방송국 모습. 1970년대에 들어서 국토통일원, 국가안전기획부 별관으로 사용되다 현재는 서울애니메이션센터가 되었다.

던 부산방송국으로 취직하였고, 서울로 환도한 후에도 계속 방송국 근무를 하였다. 부산방송국 시절의 모습으로는 '스무고개 출연' '작가 조풍연 씨와의 대담' '방송국 엔지니어와 찍은 사진' 등이 있다.

엮은이 민윤기

1966년 월간 '시문학'을 통해 등단한 후 55년째 현역시인으로 시를 쓰고 있다. 등단 초기에는 「만적」 「김시습」 「전봉준」 같은 시를 발표해 '역사참여주의' 시인으로서 문단의 주목을 받기도 했다. 군 입대 후 베트남전쟁에 종군, 이 체험을 살려 「내가 가담하지 않은 전쟁」 연작시 30여 편을 발표했다. 1974년 동학농민전쟁을 다룬 시집 『유민流民』을 출간했으나 1970년대 후반 군사정권 독재정치 상황으로 '시는 쓰되 발표를 하지 않는' 상태로 20년간은 신문 잡지 출판 편집자로 일하였다. 2011년 오세훈 시장 시절 수도권 지하철 시 관리 용역을 맡으면서 시 쓰기를 다시 시작했다. 2014년 시의 대중화운동을 위하여 서울시인협회를 창립하였고 같은 해 1월 시전문지 월간 '시'를 창간했다.

최근 저서로는 『평생 시를 쓰고 말았다』 『다음 생에 만나고 싶은 시인을 찾아서』 『서서, 울고 싶은 날이 많다』 『삶에서 꿈으로』 『시는 시다』 『박인환 전 시집』 등이 있다.

노천명 전집 종결판 III

우장 雨葬 노천명 소설집

초판 인쇄 2020년 10월 25일
초판 발행 2020년 10월 30일

지은이   노천명
엮은이   민윤기
펴낸이   김상철
발행처   스타북스
등록번호 제300-2006-00104호
주소   서울특별시 종로구 종로1가 르메이에르 1415호
전화   02) 735-1312
팩스   02) 735-5501
이메일   starbooks22@naver.com
ISBN   979-11-5795-559-6 04810
          979-11-5795-556-5 (세트)

ⓒ 2020 Starbooks Inc.
Printed in Seoul, Korea